Illustration chibi

転生した大聖女は、聖女であることをひた隠す ZERO 3

十夜

Illustration chibi

あらすじ

「君がセラフィーナだな。シリウス・ユリシーズ、君の従兄だ」
幼い精霊たちとともに、森の中で過ごしていた6歳のセラフィーナのもとに、
若き騎士団副総長、シリウスが訪れる。

ある事件をきっかけに、規格外の能力を発揮したセラフィーナは
シリウスとともに王都で新たな生活を始めるのだった。

シリウスがセラフィーナのために「赤盾近衛騎士団」を創設し
そのメンバーとの顔合わせを行うが、彼らの最初の任務はまさかの
西海岸のビーチでのバカンスで……!?

しかし、休暇のはずの西海岸では
姿を消したはずの初代精霊王の隠された宮殿を発見したり、
恐ろしい魔物の群れを退治したりと、予想外の冒険をするのだった。

登 場 人 物 紹 介

セラフィーナ・ナーヴ

深紅の髪と黄金の瞳を持つ
ナーヴ王国の第二王女。
精霊に愛され、まだ幼いにもかかわらず、
聖女として規格外の能力を持つ。

シリウス・ユリシーズ

弱冠19歳にしてナーヴ王国角獣騎士団の副総長であり、ユリシーズ公爵家の当主。国王の甥でもある銀髪白銀眼の美丈夫で、王国一の剣士。

セブン

セラフィーナが契約している精霊の少年。

カノープス・ブラジェイ

少数民族である「離島の民」の青年。セラフィーナの護衛騎士に選ばれ、彼女に忠誠を誓う。

シェアト・ノールズ

第一騎士団に所属していたが、赤盾近衛騎士団に異動となる。赤と黄色の髪を持つ、明るくお調子者の騎士。

ミラク・クウォーク

第二騎士団に所属していたが、赤盾近衛騎士団に異動となる。小柄で童顔の、面倒見の良い騎士。

ミアプラキドス・エイムズ

第一騎士団に所属していたが、赤盾近衛騎士団に異動となる。精悍な顔立ちの大柄な騎士。

ファクト・ジー

第一騎士団に所属していたが、赤盾近衛騎士団に異動となる。「嫌味外交担当」という渾名を持つ、弁の立つ騎士。

ルド

セラフィーナが森で出会い、こっそり庭で飼っている黒いフェンリル。

登場人物紹介

・プロキオン・ナーヴ
セラフィーナの父。国王。

・スピカ・ナーヴ
セラフィーナの母。王妃。

・ベガ・ナーヴ
セラフィーナの兄。第一王子。

・カペラ・ナーヴ
セラフィーナの兄。第二王子。

・リゲル・ナーヴ
セラフィーナの兄。第三王子。

・シャウラ・ナーヴ
セラフィーナの姉。第一王女。

・ウェズン・バルト
ナーヴ王国角獣騎士団総長。
豪快な性格で人望があるが、書類仕事が苦手。

・デネブ・ボニーノ
第二騎士団の団長だったが、
その任を解かれ赤盾近衛騎士団の団長に任命される。

ナーヴ王国王家家系図

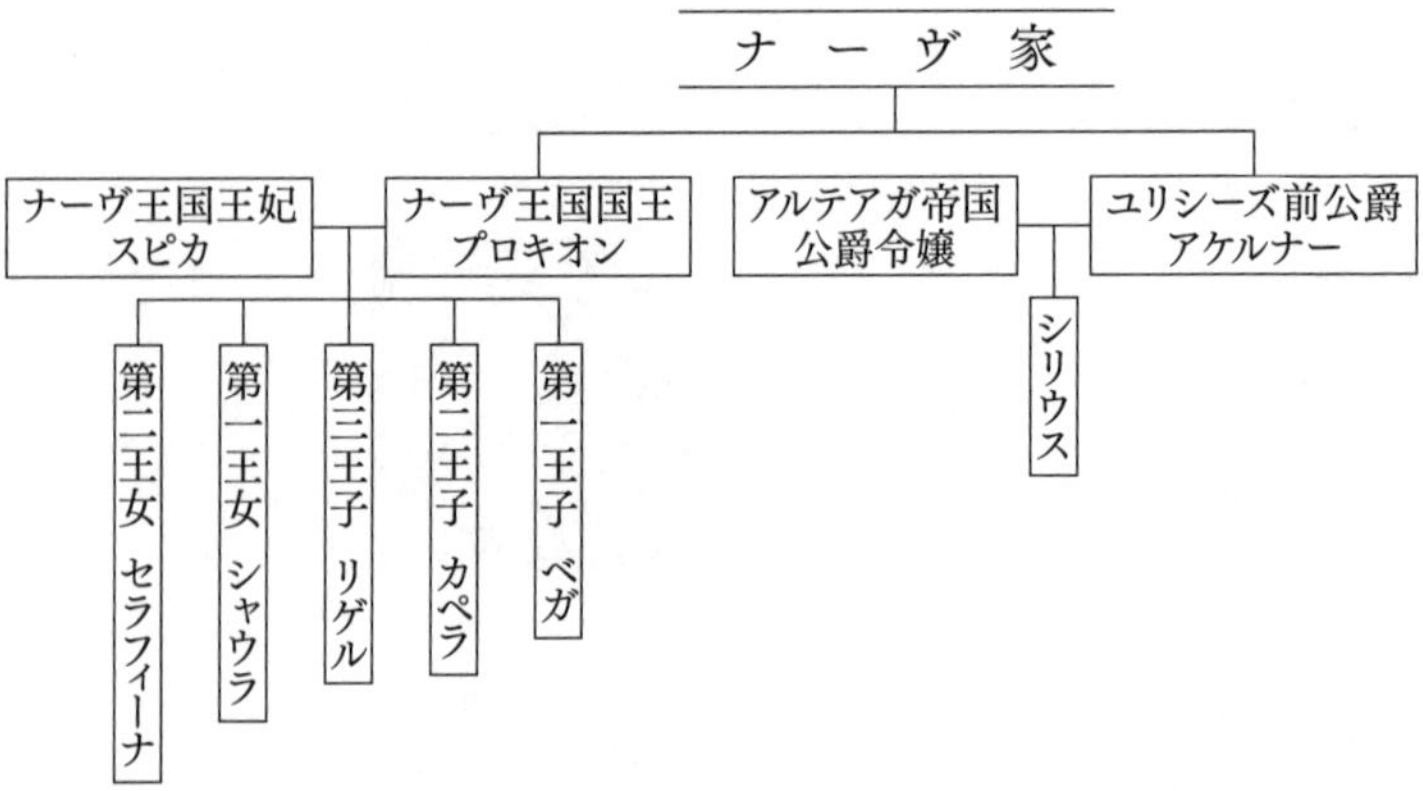

ナーヴ王国騎士団表

総長 ウェズン・バルト

副総長 シリウス・ユリシーズ

ナーヴ王国角獣騎士団

騎士団	団長	副団長	団員
第一騎士団（王族警護）	カウス・アウストラリス		ルクバー・ヘインズ
第二騎士団（王城警備）			
第三魔導騎士団（魔導士集団）			
第四聖女騎士団（聖女集団）	アダラ	ミルファク	
第五騎士団（王都警備）			
第六騎士団（魔物討伐、王都付近）			
第十一調査騎士団（魔物の調査、西方）			

赤盾近衛騎士団

騎士団	団長	副団長	団員
赤盾近衛騎士団	デネブ・ボニーノ		シェアト・ノールズ ミラク・クウォーク ミアプラキドス・エイムズ ファクト・ジー サドル カノープス・ブラジェイ（護衛騎士）

WORLD MAP

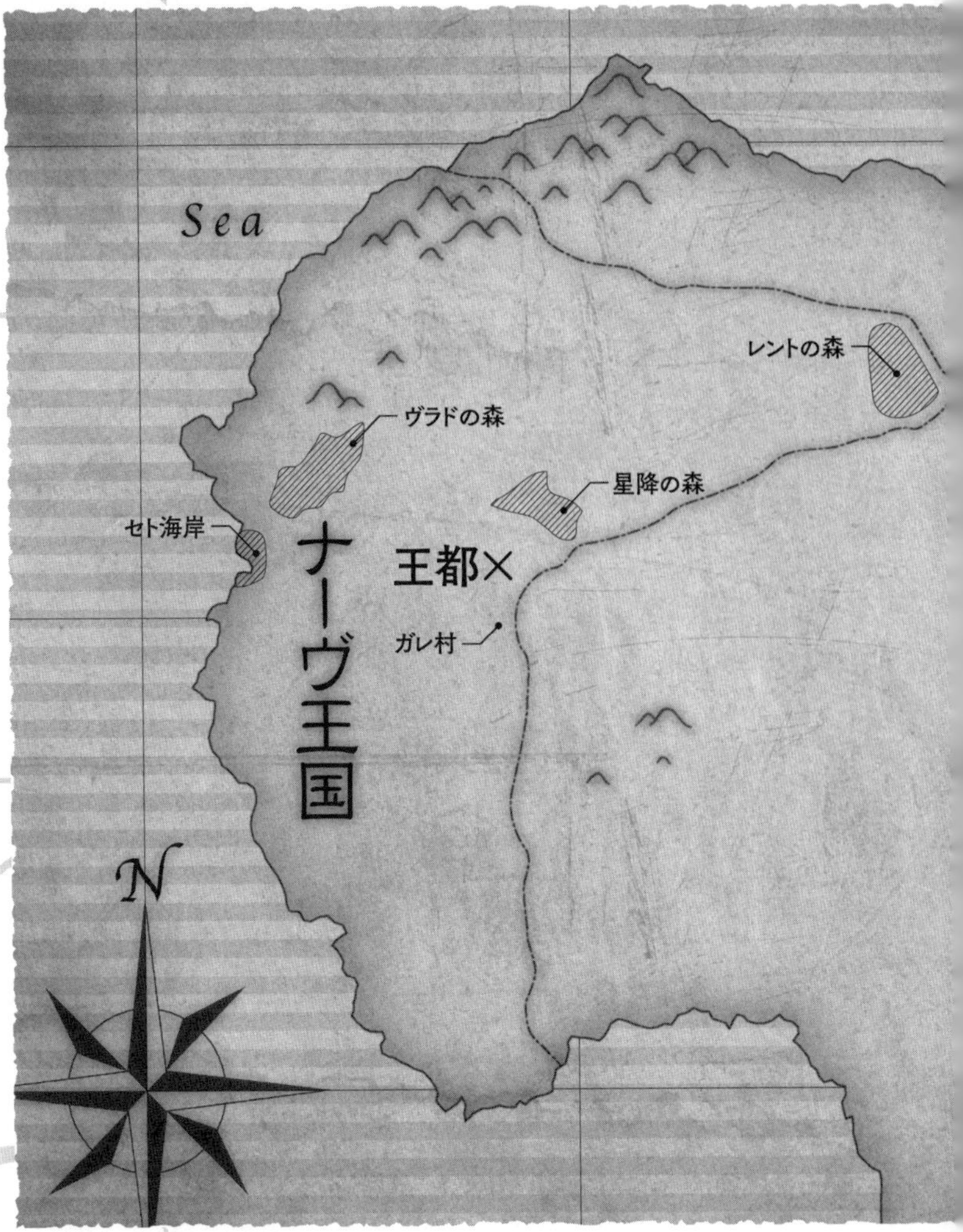

The Great Saint who was
incarnated hides being a holy girl ZERO

CONTENTS

The Great Saint who was
incarnated hides being a holy girl ZERO

セラフィーナと近衛騎士団の取り調べ合戦

ロドリゴネ大陸の魔物を討伐し、一夜明けた翌日。

賢い私は、騎士たちの様子がこれまでと異なることに気が付いた。

『セラフィーナ様、それっぽっちしか朝食を食べないんですか？　ううーん、1時間くらいしたらエネルギー切れを起こすんじゃないですかね！』

『姫君、今日も一日中、海で過ごしましたよ。おかげで見てください、全身真っ黒になっちゃいました！　これでオレは最強の姿というか、完全体になったんじゃないかな？』

そんな風に、目覚めた時から眠る時まで気安く話しかけてくれた騎士たちが、どういうわけか全員でだんまり中なのだ。

これは何か悪いことを企んでいるのか、既に悪いことをしてしまって反省しているかのどちらかだわ、と考えながら、テーブルに並んで黙々と朝食を食べる騎士たちを見やる。

それから、私は難しい顔を作ると、できるだけ重々しく聞こえるような声を出した。

「セラフィーナはお見とおしです。ここに悪いことをした人がいます。そして、セラフィーナはやさしいです。そのため、悪いことをしたと自分から告白したら怒りません。さあ、はくじょーなさい！」

するとと、騎士たちの全員が手を止めて、無言で視線を交わし合った。

その眼差しを見て、優秀なる私はぴんとくる。

「ああー、分かったわ。カノープス！」

「はい！」

「あなたは深い海の底まで泳げるから、私の持ち物を海の中にかくしたわね！　だから、王城から持ってきたはずのとっておきのクッションがなくなっていたんだわ」

「セラフィーナ様、それは濡れ衣です！　大変申し上げにくいのですが、姫君は毎晩、眠っている間に寝台の上のクッションを一つ残らず蹴っ飛ばされます。多くは寝台の下や、部屋の隅まで飛ばされていて、私が毎朝拾い集めております。今朝はまだ、その作業ができていないだけです」

私は着ている服を見下ろした。

「ぬれぎぬ？　私の服はぬれていないわ」

こんなにすぐにバレる嘘をつくなんて、カノープスらしくないわね。

これはクッションだけではなくて、もっとたくさんの私の持ち物を海の中に隠したに違いないわ。

そう思ったけれど、あまりに罪を暴き過ぎるとカノープスがかわいそうなので、余罪は見逃すことにする。

「えっ、いえ、そういう意味ではなくて」

そのため、さらに何かを言い募ろうとしているカノープスの言葉を、優しい私は聞こえない振りをすると、次の容疑者であるミラクに顔を向けた。

「それから、ミラク！」

「はい！」

「あなたはベッド横のサイドテーブルに、アルテアガ帝国語の本をおいたでしょう！　あの本のせいで、昨夜はあくむを見たわ。シェアトとミアプラキドスが帝国語でずっと私の悪口をいいつづけているのだけど、私は帝国語がしゃべれないから言い返せなかったのよ」

「帝国語が分からないにもかかわらず、２人の発言が悪口だと分かるのであれば、それは間違いなく夢でしょうね。そもそもシェアトとミアプラキドスは帝国語がしゃべれませんので、そのような状況は成り立ちませんし」

ミラクは冷静に返すと、考えるかのように小首を傾げた。

「それに、学習参考書をセラフィーナ様の部屋に置いたのは、姫君の事前指示に従ったからです。『ビーチに行っても、私は毎朝おべんきょうをするわ！　もしも私がおべんきょうをしていなかったら、いましめるために部屋のあちこちにさんこうしょをおいてちょーだい』と姫君自身から頼まれていましたから」

ミラクの言葉を聞いて、確かに私自身がそう発言したことを思い出す。

ううう、2週間前の私は志が高かったのだわ。

「……そ、そういえば、さんこうしょをおいてと言ったかもしれないわね。でも、帝国語は別だわ！　あの国の言葉は発音がどくとくで、6つの声調があるからちっとも分からないもの。シェアトとミアプラキドスが2人でさんざん私の悪口を言ったあと、『みゃー、みゃ〜、みゃ≈、みゃ＝、みゃ＾、みゃ；』と言いながら近寄ってきたのよ」

2人とも耳と尻尾が付いた猫の格好をしていたし、あれは悪夢だったわと続けると、ミラクは首を傾げた。

「そのような夢を見られたのだとしたら、原因は参考書ではなくて、姫君の部屋に入れられた迷い猫じゃないですか？　昨日、姫君は離宮に迷い込んできた猫を寝室に入れて、一緒に眠られましたよね。夜中に見回りをした際、その猫がみゃーみゃーと鳴いていましたよ」

「えっ！　そ、そうなのね。だったら、この件はいいわ。……というか、さすがミラクね。うまくごまかされてしまったわ」

ぶつぶつと呟きながら、今度はダマされないわと新たな騎士に顔を向ける。

「さらに、シェアト！」

「はい！」

「あなたは今日、こきょうの村に行くと言いながら、本当はどこかで昼寝でもするつもりだったでしょう」

「そんなことをするはずがありません！　せっかく姫君が別行動を許してくださったのですから、姫君のお気持ちを尊重してザイオス村にお墓参りに行くに決まっています！」

驚いたように言い返すシェアトに向かって、私は勝ち誇った笑みを浮かべる。

「じゃあ、どうして私がよういしていたおみやげを、バッグにつめていないの？　おはかまいりをするつもりならば、おみやげを持っていくはずよ！」

先ほどシェアトの部屋の扉が開いていたため、中を覗いてみたところ、ぱんぱんに膨れたバックパックが扉口に置いてあった。

にもかかわらず、『村のみんなへのおみやげに』とシェアトに手渡したたくさんの翡翠《ひすい》貝の装飾品が、テーブルの上に並べてあった。

そのため、シェアトは翡翠貝をこの部屋に置いていくつもりで、お墓参りには行かないのだとピンときたのだ。

「えっ、だって、姫君がオレに用意してくれたのは、翡翠貝の装身具じゃないですか！　国王陛下が特別に入手された特別品で、次はいつ手に入るか分からない代物ですし、姫君自身が気に入られていた様子でしたから、とてもお墓に供えられないですよ」

びっくりした様子で言い返すシェアトの前で、私は指を４本折ってみせる。

「おかー様の分、おねー様の分、私の分、シェアトの妹の分で４個はかくほしているからもんだいないわ」

自分自身の用意周到さを誇らしく思い胸を張ると、シェアトは「やっぱり」と眉根を下げた。

「ご自分の分を一つだけしか取られなかったんですか？　髪飾りやペンダント、ピアスとたくさんの種類の装身具があったじゃないですか！　そして、それらの全てをきらきらした目で見ていたじゃないですか！　死んだ者は使えないんですから、セラフィーナ様が使うべきですよ‼　彼らには花を捧げておくから大丈夫です」

まあ、シェアトったら何てことを言うのかしらと思いながら口を開く。

「それはとってもきれいなそうしん具だからほしかったけど、だからこそ、シェアトのお仲間もほしいはずよ。贈り物は自分がほしいものをあげてこそ喜ばれると思うの。そして、私の大事なシェアトを守ってくれた人たちだから、とびっきりの贈り物をおくりたいの」

「ぐふっ……何てことを言うんですか。姫君はすごいですね。一瞬で、目から水が出てきました」

そう宣言した通り、下を向いて表情が隠れてしまったシェアトの目の部分から涙がぽたぽたと零《こぼ》れ落ちた。

「まあ、シェアト、こきょうの人を想って泣いているの？　たしかにあなたから涙をながされたのなら、それがさいこうのおみやげになるから、そうしん具は必要ないわね」

納得して頷《うなず》いていると、シェアトと騎士たちが何やらごにょごにょと話を始める。

「セラフィーナ様は本当に酷《ひど》いな。オレが泣くとしたら故郷を想ってではなく、セラフィーナ様に泣かされたからに決まっているじゃないか」

「分かっている、オレたちは皆分かっているぞ！」

「姫君は少々鈍感なところがあるが、既に十分立派なのだから、これ以上を求めてはいけない」

……よく分からない話だったので、次に移ることにする。

「そして、ミアプラキドス！」

「はい！」

けれど、さらに続けようとした私の言葉は、騎士たちから止められてしまった。

「「「セ、セラフィーナ様！　もう十分ではないですかね!!」」」

「えっ」

名探偵セラフィーナはまだまだ容疑者をあぶり出すことができるのだけれど、騎士たちの慌《あわ》てた様子を見て、やり過ぎはよくないからここら辺《や》で止めておこうという気持ちになる。

「分かったわ、今日はここらへんにしておきましょう。でも、今後は私に悪いことをしてはダメよ」

「「「姫君に悪いことをする不届き者は、近衛騎士団には1人もいませんよ!!」」」

まあ、どうやら騎士たちは往生際が悪いようだ。

一度は勘弁してやろうと思ったけれど、こうなったら名探偵セラフィーナが全てを暴くしかないようね。

「だったら、いつだってものすごくおしゃべりなあなたたちが、どうして今日は全員でだんまり中なの？　これはもう悪いことをしようとしているのか、すでに悪いことをしてしまってはんせいしているかのどちらかでしょう」

私の言葉を聞いた騎士たちは、驚愕した様子で目を見開いた。

「姫君はあらゆる意味ですごいですね。よもやそんな誤解をされるとは夢にも思いませんでしたよ」

「ええ、普通に考えたら、『遅まきながら、姫君がとんでもない人物だと理解したため、恐れ多くてとても今まで通りには話せなかった』が正解だと思うのですが」

騎士たちの口から思ってもみない単語が飛び出してきたので、首を傾げて聞き返す。

「おそれ多くて？　誰が？」

「「もちろん、姫君がですよ!!」」

「えっ？」

びっくりして目を丸くすると、騎士たちは口々に言い募ってきた。

「忘れたんですか、つい昨晩、『ロドリゴネ大陸の魔物』を一掃したことを！」

「それもこれも姫君の素晴らしい魔法があったからこそです!!」

「セラフィーナ様が聖女だということだけでも驚いたのに、まさかあれほど圧倒的な力をお持ちだとは!!」

騎士たちの言葉を聞いた私は、やっぱり意味が分からずにぱちぱちと瞬きをする。

「えっ、でも、シリウスは最初っから、私のことを聖女だとしょーかいしていたわよね。それなのに、私が聖女だったことにおどろいたの？」

「「うっ、そ、その通りです」」

言葉に詰まる騎士たちに、私はさらに言葉を重ねる。

「それに、私は聖女としてみじゅくだから、ほめられることはしていないわ」

「…………」

「…………」

「…………」

突然黙り始めた騎士たちを見て、私は今だわと大皿の中に1つだけ残っていた甘いパンを手に取る。

「やったわ！　甘いパンの最後の1個を手にしたわよ!!」

得意げに騎士たちを見回すと、無言のまま見返された。

おかしい、誰も悔しがらないわ。

挙動不審な騎士たちを見つめながら、あむあむとパンを食べていると、皆から肩を小突かれたカノープスが言いにくそうに口を開いた。

「セラフィーナ様、もしよろしければ教えていただきたいのですが……」

「えっ、今日の甘いパンは何味かってこと？　ええと、これは」

パンのかじった部分を覗き込んで、中に何が入っているのかを確認していると、カノープスが焦った声を出す。

「もちろんパンの味にも大変興味がありますが、聖女の能力について教えていただきたいのです。その、姫君は他の聖女たちが戦っているところを見たことがありますか？」

「うっ、やっぱり気付いてしまったのね……」

私はがくりとうなだれた。

「一度もないわ。そして、他の聖女たちに戦い方を教えてもらったこともないのよ。だから……私の力がまだまだだってことは分かっているわ」

私の言葉を聞いた途端、騎士たちが呻くような声をそれぞれ漏らす。

そんなに私の戦い方は酷かったのかしら、と思って恐る恐る顔を上げると、全員が渋い表情で顔をしかめていた。

「……ここまで酷いとは、さすがに想定外だ！」

「ああ、戦闘後の姫君の発言に違和感を覚えていたが、ご自分の強さを全く分かっていなかったとは!!」

「姫君のような聖女がゴロゴロいたら、世界中から既に魔物は殲滅されているだろうになあ」

騎士たちは私に聞こえないように小声で会話をしているつもりのようだけれど、ばっちり聞こえていた。

そして、明らかに「姫君」「姫君」と私のことを話題にしており、「酷い」とか、「全く分かっていない」とか、悪口を言っている。

そのため、私は腕を組むと、騎士たちをじろりと睨みつけた。

「なあに？　言いたいことがあるならば、ハッキリ言ってちょうだい」

騎士たちは全員で顔を見合わせると、声を揃えてきた。

「「「セラフィーナ様は最強の聖女ですよ！！！」」」

……絶対にそんなことはないので、やはり全員で何かを企んでいるようだ。

隠し宮殿再訪問（シリウス＆近衛騎士付き）

楽しかったセト海岸滞在も、残すところあと2日となった。

そのため、最後にもう一度オリーゴーのところに遊びに行きたいな、と思いながらカノープスを見上げる。

「カノープス、今日はフルーツ狩りに行きたいわ！」

そのためにも、まずはオリーゴーに持っていくと約束した『赤甘の実』を取りに行こうと考えたのだけれど、カノープスから難しい顔をされる。

「それは先日、隠し宮殿の精霊と約束をした果実を採取しに行くということですか？」

「ええ、そうよ」

正直に答えると、カノープスはますます難しい顔をする。

「セラフィーナ様、私は姫君のご要望に従って、隠し宮殿を訪問したことをシリウス副総長にご報告しておりません。これ以上の隠密行動は止《や》められた方がよろしいかと思われます」

「えっ、お友達のおうちに遊びに行っただけでしょう？　シリウスは私のお友達にきょうみがあるってこと？」

「お友達のおうちに遊びに行った……セラフィーナ様にとって、隠し宮殿を訪れたことはその程度の認識なのですか？」

カノープスは信じられないとばかりに目を見開きながら質問してきたけれど、私が頷く姿を確認すると、がくりとした様子で地面に膝をついた。

「セラフィーナ様、私は精霊について詳しくはありませんが、宮殿を丸ごと人の目から隠すほどの力は大変なものだと思います。そのような宮殿の主である精霊はただ者ではありませんので、接触されたのであれば、速やかにシリウス副総長に報告すべきです」

「えっ、オリーゴーは隠し宮殿の主なの？　大人の精霊といっしょにくらしていると言っていたから、主は大人の精霊の中にいるのじゃないかしら」

びっくりして言い返したけれど、カノープスは首を横に振った。

「もしかしたら宮殿の主が複数いるのかもしれませんが、その中の1人ではあるはずです。精霊は美しい姿をした者ほど強い力を持つと言いますが、セラフィーナ様のご友人は飛び抜けて美しい姿をしていましたから」

「そうなのね」

「セラフィーナ様がシリウス副総長に報告されたがらなかったため、何らかの理由があるものと思っていましたが、まさか事態を軽く受け止められていただけだったとは」

「えっ！　り、理由はあるわよ……」

私は言葉に詰まると、この間、騎士たちと一緒に楽しんだ「シリウス鬼ごっこ」の一幕を思い浮かべた。

あの時、騎士の1人がシリウスはご令嬢から贈られたプレゼントを受け取らないとの話を聞いて、びっくりしたのだ。

そんな私に、シリウスは『相手が親しくない場合はもらわない』と説明し、私にも同じことを要望してきた。

『いいか、セラフィーナ、お前も家族とオレ以外からの贈り物は受け取るな』

『分かったわ』

その際、私ははっきりと肯定の返事をしてしまったのだ……

「この間、シリウスに『家族とシリウス以外からの贈り物は受け取らない』と約束してしまったのよ。だから、オリーゴーからドレスをもらったことがバレたら、おせっきょうをされるわ」

「まさかそれが怖くて、シリウス副総長に隠し宮殿のことを話されていないのですか？」

驚いた様子のカノープスを見て、私の護衛騎士はちっとも分かっていないわ、と必死で言い募る。

「カノープスはシリウスの恐ろしさをしらないのよ！　がみがみとそれはむずかしいことを言われるんだから。むずかしすぎて半分しかいみが分からないから、何とかたえられるのよ」

私の恐怖心が伝わったのか、カノープスは無言で頷いた。

「うーん、シリウスに怒られずにオリーゴーをしょうかいする方法はないかしら。というか、このまま黙っていたらバレないんじゃないかしら」

あと数日でセト海岸を去ることだし、王城に戻ったらここでのことはうやむやになりそうだもの。と、そう考えたけれど、カノープスは首を横に振った。

「私は全くそう思いません。悪事は必ず露見します。そして、いくら精霊が人に友好的とはいえ、セラフィーナ様が見知らぬ精霊と接触したことを報告せずに、さらにもう一度その精霊と接触されたことが発覚すれば、シリウス副総長はお怒りになられます。少なくとも私は処分されます」

「えっ、処分？　でも、カノープスはなんにも悪いことをしていないじゃない」

びっくりして目を丸くしたけれど、カノープスは生真面目な表情のまま見返してきた。

「十分誤った行動を取っております。報告すべき事柄があるのに、それを怠ったのですから」

「えっ、そうなの？　騎士団はすべてのお友達をほうこくしなければいけない、鉄のおきてがあったのね！」

あぶないわ。カノープスから聞かなければ、鉄の掟を知らないままだったわ。

私のお遊びに付き合わせただけだから、カノープスが怒られることは絶対に回避しないといけない、と考えながら彼を見上げる。

「いいことを思い付いたわ！　シリウスも一緒にオリーゴーのところに行って、みんなでお友達になってしまえばいいのよ」

「……はい？」

意味が分からない様子のカノープスに、私はにこりと微笑んだ。

カノープスの態度を見る限り、お友達を紹介しないことは、騎士団において大きな問題らしい。

そのため、ここはシリウスもオリーゴーのお友達にしてしまって、『気付いた時にはみんな友達、うやむや大作戦』を決行してしまおう。

そう考えた私は、善は急げとばかりに、シリウスのもとに向かったのだった。

◇　◇　◇

「シリウス、今いーい？」

広間にいたシリウスに声を掛けると、彼はすぐに顔を上げた。

シリウスの周りには、デネブ近衛騎士団長を始め、ミラクやシェアト、ミアプラキドスといった騎士たちが集まっていて、テーブルの上に広げたたくさんの書類を眺めているところだった。

何やら大変そうねと思ったものの、難しそうだったので見て見ぬ振りをする。

「シリウス、この間、かいがんで新しい子どもに出会ったの。午後からその子のおうちに行こうと思うのだけど、いっしょに行かない？」

「さすがはセラフィーナだ。ここへ来てまだ10日ほどだが、もう知り合いができたのか」

とてもいい解釈だわ。シリウスはオリーゴーのことを、「お友達」ではなく「お知り合い」と認識したわよ。

これならば、今日訪問した全員が、同時にオリーゴーとお友達になったことにすれば、怒られずに済みそうね。

にまりと笑みを浮かべていると、シリウスは机の上の書類に視線を走らせた。

「……そうだな、これ以上書類を眺めていても、新たな発見はないだろう。だとしたら、お前の新しい知人に紹介してもらうとしよう」

シリウスの答えを聞いた私は、にこりと微笑む。

「約束よ！　私はこれからカノープスと森でおみやげ用の果物をつんでくるから、その後に行きましょう」

「そうか、森の果物を土産にするとは面白い発想だな。しかし、魔物が出るかもしれないから、他にも何人か騎士を連れていけ」

「分かったわ！」

元気よく返事をしたところで、シリウスと一緒に書類を眺めていたミラクやシェアト、ミアプラキドスが護衛として森に同行すると言い出した。

いいのかしらと思ったけれど、シェアトから「今しがた、『これ以上書類を眺めていても、新たな発見はない』と副総長が述べられましたので、オレたちができることをして役に立ちたいと思います」と返された。

シリウスが反対しなかったので、カノープスに加えて3人の騎士たちとともに森に向かう。

皆とっても心配性だわと思ったけれど、幸運にも、森で魔物に遭うことはなかった。

目的の『赤甘の実』もすぐに見つかり、赤い実で籠がいっぱいになる。

準備ができたので、玄関近くに置いてある椅子に座って待っていると、シリウスが現れた。

「セラフィーナ、待たせたな」

「ううん、ちょうど雲の数を数えおわったところよ」

笑顔で答える私に頷くと、シリウスは私の後ろに立つ騎士たちをちらりと見た。

「カノープスは分かるが、ミラクとシェアト、ミアプラキドスを連れて行くのか？　オレも含めた全員が入るほど、お前の知人宅が大きければいいが」

「大丈夫よ」

オリーゴーの宮殿を思い出しながら答える。

賢いカノープスは不用意なことを何も言わず、無言・無表情を貫いていたので、私は安心して他の騎士たちに視線をやった。

「それに、この3人はいつもより元気がないみたいだから、オリーゴーのおうちに行ったら元気がでるかなと思って」

私の言葉を聞いた3人は、はっとした様子で目を見開く。

「えっ、そんな理由でオレたちを誘われたんですか？」

「護衛として声を掛けられたと思っていましたが、まさかそんなお考えがあったとは！」

「主に気を使わせるとは近衛騎士失格です!!」

悔いる様子を見せる3人を、私は笑顔で見上げる。

「何か困っていることがあるなら教えてちょうだいね。ちょっとくらいなら、私も手伝えるから」

『赤甘の実』を摘みに行った際、この3人は普段と異なり、口数が少ないうえに難しい表情をしていたのだ。

王城でこの3人が困った様子を見せたことはなかったから、この地で何か問題が起こったのだろう。

でも、この地にいたロドリゴネ大陸の魔物は討伐したし、他に問題は残っていないと思うのだけど、と思いながら小首を傾げる。

すると、ミラクが恐縮した様子で口を開いた。

「ご心配をおかけして申し訳ありません。ですが、問題は既に解決していますのでご安心ください」

「そうなの？」

だったら、どうして皆は難しい顔をしていたのかしら。

不思議に思う私に対して、ミラクが説明をしてくれる。

「これまで、この地には問題が二つありました。一つはロドリゴネ大陸の魔物でしたが、姫君のおかげで討伐が完了しました。ですから、僕たちの頭を悩ませていたのはもう一つの問題で、この海の水温に関することです。しかし、こちらに関しては、解決方法が雲を掴むような話だったため、手掛かりを見つけられずに困り果てていました。それが、数日前に突然、一気に解決の兆しが見えたのです」

「まあ、それはよかったわね」

「はい。ですが、なぜ突然、海水温問題が解決したのかが全くの不明でして、その原因を追求しているところなのです。手分けして聞き込みを行いましたが、黄金貝を見た者もおりませんし」

「黄金貝？　みんなは貝をさがしていたの？」

まあ、騎士たちの仕事は思ったよりも楽しそうね。

そう考えていると、シリウスが手を伸ばしてきて私を抱き上げた。

「この地は代々、王家が管理してきた。それは、この場所に偉大なる方が住まわれているからだが、その方への目通りを王が望まれていた。この海の水温を下げてほしいと頼むために」

「ふうん、おとー様にとって海が熱すぎたということ？　そして、お願いをするための手みやげに、貝をさがしていたのかしら」

不思議に思って質問すると、シリウスから楽しそうに見返された。

「そういうことだ。セラフィーナ、お前は賢いな。ところが、手土産も必要なく、海水温が自然に下がり始めたものだから、誰にもその理由が分からないというわけだ」

なるほど、だから先ほどはその原因を探るため、皆で難しい顔をして書類を見ていたのだわ。

「シリウス、お仕事ばっかりしていても、頭がはたらかないらしいわよ。気分てんかんがじゅうようですって」

「……そんなことをお前に言う者は、オレの知る限り王だけだな」

そう言って私を抱えたまま歩き出したシリウスに、ミラク、シェアト、ミアプラキドスの3人が慌てた様子で声を掛ける。

「ふ、副総長！　その格好で行かれるのですか？」

「騎士服を着ていないことは評価できますが……その服ではあまり意味がないというか……」

「訪問するのは海辺の民家でしょうし、もう少し高級感のない服を着ていった方がいいと思うのですが」

シリウスはじろりと3人を見た。

「手持ちの服の中で、一番質素な服を選んだが」

「…………」

「…………」

「……こ、これでですか？」

至極真面目な表情で頷くシリウスを見て、3人は諦めた様子でがくりと項垂《うなだ》れる。

そんな3人を元気付けようと、私はぐっと握りこぶしを作った。

「だいじょうぶよ。オリーゴーはどんな服を着ていようとも気にしないはずよ」

するると、３人は逆に、私を元気付けるような表情を浮かべる。

「……ですよね！　姫君、お知り合いの方が副総長を見て真っ青になったとしても、それは副総長が誰が見ても分かるほどの高位者だから怖気付いたわけではなく、今日が寒いからですよ！」

「えっ、今日はまなつびだから寒くないわ」

ぎらぎらに輝く太陽の下で当然の指摘をしたけれど、そ知らぬ振りで新たな言葉を続けられた。

「あるいは、突然、お知り合いが床に跪《ひざまず》かれたとしたら、それは副総長に恐怖したからではなく、足がもつれたからですよ」

「オリーゴーはそんなことしないわ」

きっぱりと言い切ると、３人は明らかに信じていない様子ながらも、私に同意する様子を見せた。

「「「ですよね。いやー、到着する前からドキドキしてきました」」」

そう言いながら目をきょろきょろとさせ、心臓部分を押さえる３人は、明らかに挙動不審だった。

けれど、そんな３人も海岸に向かって歩き出した時は、「海で待ち合わせをしているんですか？」と首をひねっていた。

それから、ロドリゴネ大陸の巨石に登ろうとすると、シリウスを含めて驚愕される。

「この上にお家があるのよ」

そう言うと、カノープスを除く4人は用心深い顔をした。

「……石の上に町人が住みついているという話は、これまで聞いたことがありませんが」

「絶対に無関係だと思うが、オレはなぜだか突然、先日の王の話を思い出したぞ。やんごとなき方が、巨石群の付近に見えない宮殿を建てているという話を」

「……お前、マジで止《や》めろ」

よく分からない話を始めるミラク、シェアト、ミアプラキドスを尻目に、シリウスはまるでそれが重大事でもあるかのように真顔で質問してきた。

「セラフィーナ、石の上に家があるのか？」

「ええ！　シリウス、私を抱えて登ってくれる？」

シリウスは躊躇《ためら》っている様子だったけれど、諦めたようにため息をつくと、私を肩の上に座らせた。

それから、肩に掛けていた布で私と彼自身を結び付けた後、器用にすいすいと巨石を登っていく。

「まあ、騎士ってすごいのね！　こんなにすばやく石を登れるのだわ」

先日のカノープスもすごかったし、と思い出しながら下を見ると、そのカノープスを始めとしたミラク、シェアト、ミアプラキドスの4人が危なげない様子で石を登ってきていた。

巨石の上に登り切ると、シリウスが下ろしてくれたので、先日ぶつかった箇所に用心深く手を伸ばす。

すると、私の手が見えない何かに触れ……前回同様、隠し宮殿が現れた。

◇　◇　◇

「ひっ！　まままさか、まさか、まさか！！！」

「わっ、分かっていました！　変化には必ず原因が必要だと分かっていました！　そして、オレたちがその原因を見つけられないでいることは！　ですが、まさかその原因がセ、セラフィーナ様だったなんて!!」

「嘘だろう。ロドリゴネ大陸の魔物に続いて、こちらも姫君が解決なさるって、そんなことがありうるのか!?」

再びよく分からない話をし始めたシェアト、ミアプラキドス、ミラクの3人を前に、シリウスが冷静な声で質問をしてきた。

「セラフィーナ、お前はこの宮殿の主と知り合いなのか？」

「どうなのかしら。この宮殿に住む子どもの精霊なら知っているけれど、彼が主かどうかは分からないわ」

「……お前の知人は『オリーゴー』と言ったな。初代精霊王の名前は『リゴーン』だが、どことなく音が似ていることは偶然なのか？」

シリウスが呟いた瞬間、そのオリーゴーが現れる。

彼は身長と同じくらい長く伸ばした深緑色の髪をなびかせながら、一目散に走ってきた。

《セラフィーナ、来てくれたんだね！》

飛びついてきたオリーゴーを抱き留めながら、私も笑みを浮かべる。

《ええ、赤甘の実を持って来るって約束したもの》

それから、カノープスを振り返ると、彼から籠を受け取った。

《たくさんつんできたのよ！　いっしょに食べましょう》

オリーゴーに誘いかけたところで、シリウスたちが同行していたことを思い出す。

《オリーゴー、今日は新しいお友達を連れてきたの。この国の騎士たちよ》

それから、今度はシリウスたちにオリーゴーを紹介する。

「こちらがこの宮殿に住んでいる精霊の子どものオリーゴーよ」

そう言いながら皆を見上げると、全員がこれ以上はないほど怖い顔をしていた。

「えっ？　あの、そ、そんな風にこわい顔をするのはどうなのかしら。ゆうこうてきとは言えないんじゃないかしら」

初対面なのにオリーゴーを威嚇するなんて、一体どうしたのかしらと思って尋ねると、ミラクが動揺した様子で声を震わせた。

「い、今のお姿は子どものものではありますが、こ、この方は肖像画で見た初代……」

けれど、オリーゴーが視線を向けたため、ミラクは硬直したかのように動きを止める。

《セラフィーナ、彼らに私についての話をするのは止《や》めろと言ってくれる？　私は君の前で私自身を語られたくないんだ》

言われた通りのことを伝えると、狼狽した様子で何事かを口走っていた騎士たちがぴたりと口を噤んだ。

ミラク、シェアト、ミアプラキドスの3人は、両手で口を押さえながらも、目を丸くして何度も何度もオリーゴーと宮殿を交互に見つめている。

そのため、宮殿に入りたいのかしらと思った私はオリーゴーに頼んで、中に入れてもらった。

宮殿の異様な姿は騎士たちにとって驚きだったようで、3人は目を白黒させながら巨木が建物に絡みつく様を眺め回していた。

その前と後ろを、用心深い表情を浮かべたシリウスとカノープスが無言で歩く。

以前通された広間に入ると、私は前回も座ったソファにぽすんと座り込んだ。

「見て、このソファはふっかふかなのよ！」

皆を見上げてそう笑いかけたけれど、誰一人笑い返してくれない。

まあ、この5人はふかふかなものが嫌いだったのかしら、と思ったけれど、黙って待っていると、シリウスが私の隣に座った。

他の4人は素早く私たちの周りに立つ。

私はオリーゴーのことを分かってほしくて、誰にともなく話しかけた。

「私はオリーゴーのお友達のルーンティアに似ているんですって。そして、オリーゴーは泣き虫だから、ルーンティアそっくりなのにオリーゴーと同じ金の瞳を持つ私の存在がうれしいって、ずっと泣いていたのよ」

「うぐっ」

「もう答えが出たぞ！」

うめき声を上げるシェアトとミアプラキドスに対し、ミラクが絶望的な声を上げる。

「……ああ、初代精霊王のお妃様の名前じゃないか。確定だ」

一方、シリウスは緊張しているような声を出した。

「その涙を海に還してもらったため、この地は豊かさを取り戻しつつあるということか。セラフィーナ、お前の知人に礼を言ってくれないか……再び、世界と関わってくれたことに対して」

シリウスの言葉をオリーゴーに伝えている間、シェアトとミアプラキドスは2人でぎゅっと手を握り合っていた。どうやらとても仲がいいようだ。

「ちょ、ひ、姫君がよく分からない音を出し始めたぞ。さっきも初代様とよく聞き取れない音を出し合っていたし、ま、まさか会話をしているんじゃないよな？」

「……何で今日は、たった4人ぽっちの護衛で来たんだ。というか、この姫君の価値を考えたら、近衛騎士団の数はぜんっぜん足らねえだろう！　ここまでの姫君だって、マジで誰か教えてくれよ!!」
　私の言葉を聞いたオリーゴーは、考えるかのように私を見つめた。
《そうだね、私はもう光に還るまでこの宮殿に引き籠って過ごそうと考えていたはずなのに、いつの間にかまた世界に触れているね。君が初めてこの宮殿を訪れてくれた日以降、もう一度セラフィーナに会いたいと思うあまり、何度か海辺に出て、君が暮らす離宮を眺めていたし》
《えっ、そうなの？　だったら、遊びに来てくれればよかったのに》
　そう言いながら、赤い果実が入った籠をオリーゴーの前に差し出すと、彼は嬉しそうに手に取って口に入れた。
《ああ、この味だよ！　美味しぃな。ルーンティアが選んでくれたものも、こんな風にすごく甘かったんだ。だけど、どういうわけか自分で選ぶと、とっても苦い実に当たるんだよ》
《うふふ、私もルーンティアと同じで、甘い実をえらぶのがとくいなのよ！　そして、シリウスや他の騎士たちはオリーゴーと同じでふとくいだから、彼らがえらぶとすごくにがい実にあたるわ》
　２人でしばらく話をした後、シリウスたちを連れてきた目的を思い出す。
《そうだ、オリーゴー、今日いっしょにきたみんなとも、お友達になってもらってもいい？》
《……セラフィーナが望むなら》
　私はシリウスと周りに立つ騎士たちに笑顔を向けた。
「オリーゴーがここにいる全員とお友達になってくれるんですって！」

反射的に声を上げたのは、シェアトとミアプラキドスだ。

「ひいっ、それはさすがに望外の喜び……」

「お、恐れ多いので辞退一択だ！」

この2人はいつだって咄嗟に何かしらの言葉を返すので、とってもいい反射神経しているわよねと感心する。

ただし、発言内容はお友達になることに消極的なように聞こえたため、それじゃあ『気付いた時にはみんな友達、うやむや大作戦』が決行できないわと聞き流すことにする。

「オリーゴーは上手く言葉を聞き取れないから、1人ずつゆっくりと名前を名乗ってもらえないかしら」

そうお願いすると、シリウスが素早く席を立ち、オリーゴーの前で片膝をついた。

「お初にお目にかかる、シリウス・ユリシーズだ。貴殿に会えたことを光栄に思う」

《ふーん、彼がセラフィーナの騎士なの？》

どこか不満そうに尋ねてきたオリーゴーに、私はえへんと胸を張る。

《ええ、この国で一番強い騎士よ！》

《セラフィーナはルーンティアそっくりだから、彼女みたいに精霊を好きになるかと思ったのに。一度でもこんな隙がなさそうな相手の懐に入れられたら、二度と逃げ出せなくなるんじゃないの？》

《だいじょうぶ、今だけよ。大きくなったら、シリウスの服の中には入り込めないわ》

《……文字通りの意味じゃないんだけど》

続けて、カノープス、ミラク、シェアト、ミアプラキドスが名前を名乗る。

やったわ、これでシリウスにお説教をされる心配はなくなったわ！

「さあ、これで全員がお友達ね！」

そう念押しをすると、私は作戦が完遂されたことに満足して、にまりとした笑みを浮かべた。

その後は、私が間に入って互いの言葉を訳しながら、皆で話をした。

けれど、シリウス以外の騎士たちは全員顔が強張っていて、楽しそうには見えなかった。

ちなみに、カノープスだけは当初、普段通りだったのだけれど、シェアトから小声で『初代……だぞ』と何事かをささやかれて以降、顔色が悪くなってしまった。

あまりに皆の顔が強張っているので、精霊と相対するのは疲れるのかしらと思い、ほどほどのところでお暇することを申し出る。

すると、オリーゴーはしょんぼりした様子を見せたけれど、来年もまた来ると伝えると、一転して嬉しそうな笑みを浮かべたのだった。

◇　◇　◇

宮殿の外に出て、いよいよお別れという時になって、オリーゴーが思い出したように口を開いた。
《ああ、そうだ！　セラフィーナに渡すものがあったんだ》
オリーゴーは服のポケットに手を入れると、そこから銀色の鍵を取り出す。
《これはルーンティアの秘密部屋の鍵なんだ。彼女は色々と面白いことをやっていて、私も手伝ったからもっと面白くなって、面白過ぎて他の人に見せたくなくなったから、鍵をかけて誰も入れないようにしていたんだ。でも、彼女そっくりの君だったら、秘密部屋に入れてもいいかなと思い直してね》
《でも、その部屋はオリーゴーにとって大切なんじゃないの？》
オリーゴーは部屋の中身を見せたくなかったわけではなく、ルーンティアとの思い出が詰まった部屋に誰も入れたくなかったのじゃあないかしら。
《大切なものは全てこの身に受け取ったから平気だよ。彼女の優しさも、慈しみも、発音がおかしいけど愛情に満ちた言葉もね》
《そうなのね。だったら、もらっておくわ。ありがとう！》
《秘密部屋は、王城の敷地内にある離宮の一室にあるから》
私は頷くと、オリーゴーに向かって笑顔で手を振った。
《オリーゴー、また来るわね》
《約束だよ！　待っているからね》

対するオリーゴーも、私に向かって笑顔で手を振り返してくれた。

そのため、私はとっても楽しい気持ちのまま、オリーゴーとお別れすることができたのだった。

登った時と同じように、シリウスの肩に乗って巨石から下りたところで、私はシリウスに質問した。

「シリウス、オリーゴーはすごくいい子だったでしょう？　全員でお友達にもなったことだし、また遊びに来ましょうね」

さり気なく最後の一言を追加したけれど、それについて誰もコメントしなかった。

そのため、やっぱり作戦は上手くいったようだわ、とにまりとする。

しめしめ、私の『気付いた時にはみんな友達、うやむや大作戦』は大成功のようだわ！

これで後日、オリーゴーからドレスをもらったことを告白しても叱られないはずよ。

そう嬉しくなっていると、シリウスが疲れた様子でため息をついた。

「……世界に1人しかいないような友達だったな。オレはもうお前がどんな友達を連れてきても、驚きはしないだろう」

えっ、ということは、黒フェンリルをお庭で飼っていることを告白しても大丈夫かしら？

私は新たなる作戦を頭の中で練りながら、シリウスに笑顔を向ける。

「そうなのね！　それはとってもいいことだわ」

今日は色んなことが都合よく進行するわねと思いながら、くふくふと笑っていると、後ろで騎士たちが疲れ果てたような声を出した。

「……分かっていた。セラフィーナ様がかかわるといつだって、想像もしないようなことが起こると分かっていた。だが、今日は『知人宅訪問』だったじゃないか。気楽な気持ちにさせておいてこの展開は、さすがに酷過ぎるだろう！」

「ないわー、これはないわー。オレはマジで生きた心地がしなかったぞ！　何だあの宮殿、人が足を踏み入れたらいけないやつだろう。副総長の服の心配とかしていたオレは、頓珍漢もいいところだったわ」

「あのような高位の存在と対面したこと自体、未だに信じられないな。……ははは、今になって膝が震えてきたぞ」

ミラク、シェアト、ミアプラキドスの言葉を聞いたカノープスが茫然とした様子で呟く。

「お前たちがそこまで言うのだから、初代様というのは事実なのか。……なぜオレは気付かなかったんだ」

どうやらカノープスは四六時中私の護衛に付いていたことで、他の騎士たちが知っていた情報を共有し損ねたらしい。

それは一体どんな情報かしらと興味を引かれて尋ねてみたけれど、どういうわけか誰も教えてくれなかった。

むう、騎士たちの団結力の強さは分かっているけど、私も入れてくれたっていいじゃない！

――それから数日後、青い海と空を満喫した私たちは、王都へ向けて出発した。

楽しかったわーと思いながら、馬車の中からキラキラと陽に輝く巨石群を見つめる。

「オリーゴー、来年もまた来るわね！」

思わずそう口にすると、《待っているよ！》という彼の声が聞こえた気がした。

そのため、私は馬車の中でにっこりと微笑んだのだった。

帰城の挨拶と3人の兄

西海岸から戻ってくるとすぐに、私はシリウスとカノープスとともにおとー様のもとに向かった。

「セラフィーナ、よくぞ無事に戻ってきた！」

けれど、帰城の挨拶をするために執務室に顔を出したにもかかわらず、挨拶をする間もなく抱き上げられる。

「私がセラフィーナを置いて先に王城に戻ってしまったから、セラフィーナが寂しがって泣いてやしないかと心配していたのだよ。大丈夫だったか？」

おとー様から心配そうに覗き込まれたけれど、私が返事をするよりも早く、シリウスが皮肉気な声を出す。

「王はお忙しいのですから、無用な心配をする必要はありません」

そんなシリウスに顔をしかめると、おとー様は私の全身を見回した。

「少し日に焼けたな。顔色もいいし、どうやら楽しく過ごせたようだな」

「ええ、おとー様！　私に新しいお友達ができたのよ」

「そうか、そうか。たった2週間で友達ができるとは、さすがセラフィーナだ！」

称賛するような表情を浮かべるおとー様を、シリウスがちらりと見つめる。

「セラフィーナの友人が誰だか聞いた後も、同じセリフが言えればいいのですが」

ぼそりと零されたシリウスの言葉に、おとー様が顔をしかめた。

「私はこの子の友人に制限をかけるような狭量な人間じゃあないぞ！　たとえ相手が誰であろうとも、心から受け入れるさ!!」

「たとえその相手が、王が探されていた『彼《か》の方』だとしてもですか？」

シリウスが質問すると、おとー様はぽかんと口を開ける。

「は？　お前は何を言っているのだ。え？　会えたの？　あの方にお会いできたのか!?」

「ええ、セラフィーナの友人に引き合わせてもらったところ、相手は彼の方でした」

「ひいい！　それはどういう状況だ!?　あ、待って、腰が抜けそうだから、座って話を聞いてもいいかな」

そう言うと、おとー様は近くの長椅子にへたり込んだ。

その様子を見て、話が長くなりそうな予感がしたため、おとー様とシリウスにお断りを入れると、私はカノープスとともに部屋を退出したのだった。

「カノープス、翡翠貝のそうしん具はそろっている？」

「はい、王妃陛下のものと第一王女殿下のものは、こちらにご用意してあります」

「うふふ、よろこんでもらえるといいわね」

おかー様とおねー様のもとに翡翠貝の装身具を届けに行こうと廊下を歩いていると、反対側からおにー様たち3人が歩いてくるのが見えた。

そのため、おにー様たちにも素敵なお土産を買ってきたのよね、と考えながら立ち止まると、私に気付いた3人が不快なものを見たとばかりに顔をしかめた。

「おやおや、セラフィーナじゃないか。父上の人の好さに付け込んで、とんでもない我儘っぷりを発揮したらしいな」

「えっ！」

私は何かしでかしたのかしら、とびっくりして目を見張る。

すると、3人は腕を組んで私を見下ろしながら、次々に私の失敗事案を披露し始めた。

「お前が王城で暮らし始めたことで、皆の噂になっているんだよ！　離宮に引き籠ったままだったら、誰もお前に着目しなかったのに、王都に出て来たものだから、お前の存在が取りざたされ、なぜこれまでお前を見かけなかったのかと話題になっているのさ。それから、情け深い国王夫妻が王城から遠ざけていたのだから、何か大きな問題がお前にあるのだろうってな!!」

それは事実だ。

両親は生まれた時から目が見えなかった私を心配して、精霊の守りが多い場所に住まわせてくれたのだから。

「だからこそ、お前の抱える問題を隠蔽するために、父上はシリウス副総長をお前の後見人にし、わざわざ近衛騎士団を立ち上げたのさ！　父上ですら専用の近衛騎士団を持っていないのだから、破格の扱いだ!!」

「えっ、そうなの!?」

そう言えば、おとー様に付いていたのは第一騎士団の騎士たちだ。

シリウスが当たり前のように近衛騎士団を立ち上げたから、王族はそれぞれ専用の近衛騎士団を持っていると思い込んでいたけれど、私が特別扱いをされていたのだ。

「お前は王家のお荷物なんだよ！　できが悪いのならばずっと田舎に引っ込んでいればいいのに、わざわざ王都に出て来るからこんなことになるんだ!!」

吐き捨てるようなおにー様たちの言葉を聞き終わった私は、しょんぼりとうつむいた。

全てその通りだと思ったからだ。

けれど、おにー様たちは未だ腹の虫がおさまらないようで、さらに言葉を重ねてくる。

「お前みたいなのを『虎の威を借りる狐』って言うんだよ！　周りにハイクラスの者を配置して、お前自身をよりよく見せようとしているんだからな!!」

「兄上の言う通りだ！　シリウス副総長がお前の面倒を見るのは父上に頼まれたからだし、近衛騎士団の騎士たちがお前を守るのはそれが仕事だからだ！　お前自体に価値があるわけじゃあないからな!!」

「それなのに、調子に乗ってシリウス副総長を連れて海遊びだなんて、お前は何様なんだよ!! 皆の荷物になってばかりじゃなく、少しはお前自身の価値を示してみろ!!」

言いたいことを言い終わったおにー様たちは、私の後ろに控えていたカノープスに視線をやると、蔑《さげす》むような表情を浮かべた。

「お前は離島の民だな?」

「セラフィーナの護衛騎士に似合った立場の低さだ!」

「いいか? 今交わしたのはただのきょうだい間の会話だから、シリウス副総長や他の者に報告するんじゃないぞ!!」

カノープスは返事をせずに、無言で3人を見つめる。

その態度が気に入らなかったようで、次男のカペラおにー様が苛立たし気に一歩前に踏み出したその時、後方からのんびりした声が聞こえた。

「実に騒がしいですな。廊下の真ん中で一体何事ですか?」

はっとして顔を向けると、ウェズン騎士団総長が歩いてくるところだった。

総長は私を見ると、嬉しそうに顔をほころばせる。

「おや、姫君でしたか。セト海岸から無事に戻られたようで何よりです」

「あっ、ええ、ぶじにもどったわ」

総長はにこやかに頷くと、おにー様たちに視線を移した。

「姫君とともにシリウスも戻ってきたようですので、これから開く会議に彼も参加します。王子殿下方もぜひご参加ください。ああ、そろそろ時間ですから急がれた方がいいですね。あれは誰に対しても容赦がないから、……私だってちょっと仕事を溜めていただけで叱られるのです」

そう言うと、総長はおにー様たちの背中に手を掛けて、無理やり歩を進めさせた。

「おい、ウェズン総長！」

「その太い腕を外してくれ!!」

慌てた様子で言葉を発する兄たちを、ウェズン総長はにこやかに見返すと、私に頭を下げた。

「それでは姫君、失礼します」

それから、総長は兄たちを引き連れて去っていった。

◇　◇　◇

後に残された私は、おにー様に渡し損ねたプレゼントを手に持ち、困ったようにカノープスを見上げた。

「カノープス、シリウスには今あったことを言わないでね。言えばシリウスに心配をかけるし、きっと解決しようとしてくれるから」

「心配するのも、何とかしてお助けしようとするのも、当然のことです」

間髪をいれずに、当然のことだと返してきたカノープスに、私はうーんと首を傾げる。

「それはとってもありがたいけど、お相手は私のおにー様たちだからね。もしかしたらおにー様たちは、とつぜん現れた妹にどうせっしていいか分からなくてとまどっているのかもしれないわ。そうだとしたら、私からぶつかっていかないと、いつまでたっても仲良くなれないでしょう?」

「…………」

「それに、おにー様たちに言われてはじめて、私がとくべつ扱いされていることに気付いたわ。こんな風にハッキリと教えてくれるのは、家族だからよね」

「……『教える』と表現するには、少々口調が荒いように感じましたが」

「カノープスみたいにていねいな言葉を話す人から見たら、そうかもね。でも、西かいがんの子どもたちのくちょうもあんなだったわよ」

「………（一国の王子たちと浜辺で遊ぶ市井の子どもたちを同列に扱われるのは、いかがなものかと思います）」

「多分、最近まで私の目が見えなかったから、おとー様やおかー様、シリウスはとくべつ扱いをしてくれているのね。それを見て、おにー様たちが不公平だと思うのはとうぜんのことだわ」

「しかし！」

「だいじょーぶよ、カノープス。私のおにー様だから！」

カノープスは心配そうな表情を浮かべたけれど、最近の私は分かってきた。

シリウスと同じくらい、カノープスも私に対して心配性であることに。

だから、またもや過剰に心配しているわね、と思った私はカノープスと手をつなぐと、にこりと微笑んだ。

「おかー様とおねー様のところに行きましょう。早くおみやげをわたしたいの」

「……承知しました」

自分の感情をぐっと抑え込み、私のお願いを叶えようと気持ちを切り替えた様子を見て、さすがねと感心する。

それから、カノープスに心配をかけないためにも、おにー様たちに受け入れられるように、私自身がしっかりしないといけないわ、と心の中で決意したのだった。

【挿話】セラフィーナと人攫い訓練

ある日の朝礼時、デネブ近衛騎士団長は騎士たちを見回しながら注意喚起をした。

「昨日、ベイエル伯爵家のご令嬢が誘拐された！　伯爵家お抱えの騎士たちの奮闘もあり、ご令嬢は誘拐後、半日程度で自宅へ戻ることができたが、心細い思いをされたことは間違いない！　全員、気を引き締め、間違っても類似事案を発生させないように!!」

騎士たちは元気よく「「了承しました！」」と返したが、朝礼後に集まると、納得いかない思いを吐露する。

「いやー、一伯爵家のお抱え騎士と王国直属の近衛騎士を一緒にしてもらってもな。主を攫《さら》われるような間抜けなんて、ここにはいねぇだろ。もしもオレがミスしたせいでセラフィーナ様が攫われたとしたら、心の底から反省して即座に騎士を辞めるわ！」

「必要ない！　その前に副総長から息の根を止められるからな!!」

「はは、間違いねえ」

そう言い合いながら笑い合っていたところ、ふと1人の騎士が首を傾げる。

「だが、どれだけ騎士が気を付けていても、護衛対象者に危機感が薄いと、攫われやすくなると聞いたぞ」

「あ……」

その時、全員の頭に浮かんだのは、疑うことを知らないセラフィーナの姿だった。

確かに我らが主は誰の言うことでも簡単に信じてしまい、人攫いにすら付いて行きそうな恐れがあるが……いや、まさか……まさかな。

全員が同じ心配をしたようで、誰彼ともなくぽつりぽつりと新たな提案が生まれてくる。

「だったら……セラフィーナ様の危機感の度合いを確認するのはどうだ?」

「乗った」

「やってみよう」

そして、その提案は即座に実行されることになったのだった。

◇　◇　◇

「セラフィーナ様、これから人攫い訓練をします。セラフィーナ様はとても可愛いらしいので、おうちに連れて帰りたいと考える悪い人がいるかもしれません。ですので、知らない人から甘い言葉を囁かれても、絶対に付いて行ってはいけません。いいですね?」

カノープスから説明を受けたセラフィーナは、真面目な表情で頷いた。

「分かったわ、ぜったいに知らない人には付いて行かないわ！」

「素晴らしいお返事です。では、これから悪い人が登場しますからね、叩いてでも蹴ってでも付いて行ってはいけませんよ」

そんなカノープスの言葉とともに、木の影から現れたのはミラクだった。

とはいっても、誰だか分からないように、顔の上半分を仮面で覆っている。

「こんにちは、可愛らしいお嬢さん。とっても美味しいお菓子をあげるので、一緒に来ませんか？」

「行きます！」

「……セラフィーナ様、カノープスから知らない人には付いて行かないようにと言われませんでしたか？」

へなへなと脱力した様子でしゃがみ込んだミラクから諭されたセラフィーナは、にっこりと微笑む。

「ええ、でも、ミラクは知っている人だわ。だから、いっしょにおいしいお菓子を食べるの」

「えっ、よく僕がミラクだと分かりましたね？　声まで変えたんですが」

「だって、そんなにやさしい目をしている人は、ミラクの他にいないもの。私の大すきなスミレ色のひとみだわ」

「ぐっ、セ、セラフィーナ様……」

胸元を押さえ、声を詰まらせたミラクを見て、木の陰に隠れて様子を見守っていた悪役の騎士たちは小声で言い合う。

「やべぇ、悪漢が姫君に陥落されたぞ！　これは、悪役の方が悪役たるべくする訓練がいるんじゃねぇのか？」

「ミラクはしょせんお坊ちゃまだからな！　あいつがチョロ過ぎるんだよ」

「よし、ここはオレが手本を見せてやろう」

そう言って飛び出していったのは、ミアプラキドスだった。

彼は顔全体を覆うようなずた袋を被っている。

「こんにちは、お嬢さん。オレと美味しい食事に行きませんか？」

「ええと、シリウスもいっしょでいい？」

「それはダメです！　オレが叩きのめされてしまいますから！　ふ、２人で行きましょう!!」

「えっ、２人で？　それはデートというやつじゃないの？　ううーん、ミアプラキドスははじめて付き合った人と結婚すべきだと言っていたから、そうしたら、私はあなたと結婚しなければいけないのかしら？」

「ひいっ！　そんな滅相もない！　シリウス副総長に殺されます!!　あ、やっぱり今の誘いはなしでお願いします。確かに初デートをセラフィーナ様と行ったら、オレの方も未来の妻に怒られますから」

たじたじとした様子で後ずさってくるミアプラキドスを見て、木の陰の騎士たちは顔をしかめる。

「おいおい、第一騎士団から引き抜いてきたナンバーワンの騎士が、6歳児との舌戦に負けて撤退してやがるぞ」

「いや、これは舌戦にもなってねぇだろ。ミアプラキドスの一方的な敗北じゃねぇか」

「マジで悪役の訓練が必要なようだな」

そんな中、シェアトが立ち上がる。

「よし、ここら辺で真打登場だな！　皆、オレの雄姿を見とけ!!」

そう言って飛び出て行ったシェアトは、顔全体を覆うマスクをしていた。

「はーっはっは！　オレは悪者だ！　悪いことをされたくなければ、オレに付いて来い！」

白いシャツを着ていたミラクやミアプラキドスとは異なり、全身黒ずくめで黒いマスクをしているシェアトは、幼い少女の目に恐ろしく映ったようだ。

芸の細かいことに、シェアトはそれぞれの手に持った短剣をくるくると振り回しながら、気味の悪い笑い声を上げる。

そのため、彼女は一瞬にして涙ぐむと、震える声を出した。

「カ、カノープス。ミラク。シェアト。ミアプラキドス、助けて……」

それから、セラフィーナは膝を抱えて小さくなる。

「えっ、あっ、セラフィーナ様」

やり過ぎたと思ったシェアトは慌てた様子で蹲《うずくま》ったセラフィーナに手を伸ばすが、その動作ですら彼女には恐ろしく映ったようだ。

震えながら涙目で見上げるセラフィーナに、シェアトはそれ以上近付くことができず、手を伸ばした姿勢のまま静止していると、「この悪漢が！」という怒りに満ちた声が聞こえた。

はっとしてシェアトが振り返るよりも早く、仮面を外したミラクが飛び出てくると、シェアトの腹に派手な蹴りを入れる。

「ぐっ！」

「大丈夫ですか、セラフィーナ様！　あなた様のミラクが来ましたよ!!」

ミラクはそう言うと、シェアトからセラフィーナを守るかのように間に立った。

その直後、反対側からずた袋を外したミアプラキドスが走り込んでくると、腹を押さえているシェアトの顎に水平に肘打ちを入れる。

「ぐぼっ!!」

「セラフィーナ様、ミアプラキドスが来ました！　悪い奴はすぐにやっつけますからね！」

ミアプラキドスはそう約束すると、ミラクとともにシェアトを挟み撃ちするような位置に立った。

さらに、いつの間にか忍び寄っていたカノープスが、ほとんど倒れ込んでいるシェアトの足に踵蹴りを入れて、完全に地面に引き倒す。

「ぐぽぽっ！」

「セラフィーナ様、もう大丈夫です！　あなた様には指一本触れさせませんから‼」

カノープスは力強くそう告げると、安心させるようにセラフィーナに頷いた。

ミラク、ミアプラキドス、カノープスと3人の騎士が次々に現れて、あっという間に悪漢を退治する様子を目の当たりにしたセラフィーナは、驚きで目を丸くする。

それから、彼女ははっとした様子できょろきょろと辺りを見回した。

「シェアト！　シェアトはどこ？　も、もしかしたら悪い人の仲間につれていかれたのかもしれないわ」

セラフィーナを守るために飛び出してきた3人の騎士は、無言のまま地面に倒れ込んで悶《もだ》えている悪漢を見下ろす。

「……いや、その心配はないと思いますよ」

「ええ、悪ふざけが過ぎて、お灸をすえられているんじゃあないですかね」

「そうだとしても自業自得です」

やけに意見が合う3人を不思議そうに見つめていたセラフィーナだったが、やはりシェアトが気になるようでへにょりと眉を下げると、きょろきょろと辺りを探し始める。

どう見てもセラフィーナは本気で心配している様子だったので、仕方なく3人は倒れた悪漢をセラフィーナから隠すような位置に立ち直した。

さらに、ミラクがゴンと後ろ足で悪漢を蹴る。

「おい！　分かっているから！」

そんな風なくぐもった声が聞こえたかと思った途端、３人の足元の陰からマスクを取ったシェアトが這い出てきた。

「セ、セラフィーナ様、悪者に捕まっていましたが、正義の心を発揮して何とか逃げてまいりました！　遅くなりましたが、あなた様の騎士です」

「シェアト！」

セラフィーナは泣きそうな顔で走り寄ってくると、びっくりした様子でシェアトの顔にぺたぺたと触れた。

「シェ、シェアト！　あごが真っ黒になっているわ！　ああ、悪者にやられてしまったのね」

「ええ、その通りです。独身主義のこの上なく極悪顔の悪党にやられました」

顔を歪めて説明するシェアトを、ミアプラキドスが激しく否定する。

「オレはたまたま嫁が見つかっていないだけで、独身主義ではない！　それから、極悪顔でもない!!」

しかし、シェアトは馬鹿にしたようにミアプラキドスを見ると、淡々とした声を出した。

「ミアプラキドス、オレは全く容赦することなく、本気でオレの顎に肘打ちをかましやがった悪党の話をしているんだ。誇り高き近衛騎士の話をしているわけではない」

ぴくりと頬を引きつらせたミアプラキドスを不思議に思ったものの、目の前のシェアトが苦しそうにうめき声を上げたため、心配になって声を掛ける。

「シェアト、どうしてお腹を押さえているの？　もしかして悪者になぐられたの？」

「ええ、その通りです。仲間にいきなり殺意を持って攻撃してくるような、悪党の中の悪党にやられました」

頭を振りながら説明するシェアトを、ミラクが激しく否定する。

「僕は主を怯えさせた外道に天誅を下しただけだ！」

しかし、シェアトは冷笑しながらミラクを見ると、淡々とした声を出した。

「ミラク、オレは仲間の振りをしておきながら、忠実に役割を守っていたオレの腹に飛び蹴りをくらわせてきた悪党の話をしているんだ。誇り高き近衛騎士の話をしているわけではない」

ミラクが腹立たし気に指を噛んだことを不思議に思ったものの、目の前のシェアトがいつまで経っても起き上がらないため、心配になって声を掛ける。

「シェアト、どうして地面に横になったままなの？　もしかして足を痛めて立てないの？」

「ええ、その通りです。仲間に対して一片の手心も加えようとしない、極悪非道の悪党にやられました」

脱力した様子で説明するシェアトを、カノープスが激しく否定する。

「私はセラフィーナ様に害をなす者を、絶対に許すわけにはいかない!!」

しかし、シェアトは目を細めてカノープスを見ると、淡々とした声を出した。

「カノープス、オレは十分ぼこぼこにされて、ヘロヘロになっていたオレに、さらなる過剰攻撃を仕掛けて情け容赦なく地面に転がした悪党の話をしているんだ。誇り高き近衛騎士の話をしているわけではない」

3人は一瞬押し黙ったものの、我慢ならないとばかりに口を開いた。

「だが、お前の対応は完全に間違っていた！」

「セラフィーナ様を怯えさせたんだぞ!?」

「その罪は万死に値する!!」

シェアトはよろめきながら立ち上がると、手を差し出してきたミラクの手を掴んだ。

それから、痛そうに顔をしかめる。

「その通りだ。確かにオレはやり過ぎた。だから、近衛騎士としてお前らの態度は正しい。ただ、本当に痛かったから、文句くらい言わせろ」

「それは……確かにやり過ぎた」

ミアプラキドスは真っ赤になったシェアトの顎を見て渋い顔をした。

「ああ、思ったよりもまっすぐ蹴りが入ってしまった、悪かった」

ミラクはシェアトの手を掴んでいた手に力を込めた。

「すまない。考える前に体が動いていた」

カノープスはシェアトに対して頭を下げた。

シェアトはそんな3人をしかつめらしく見つめる。

「よし、じゃあ、オレの怪我が治るまで、３人とも夕食の肉をオレに捧げるんだぞ!!」

シェアトがそう重々しく締めくくった瞬間、セラフィーナはそうだった！ と怪我を治すことを思い出したようだ。

そのため、泣きそうな顔でシェアトに告げる。

「ご、ごめんなさい、怪我を治すのを忘れていたわ。シェアト、治してもいーい？」

「えっ、これくらい大丈夫ですよ！ これらの傷は痣《あざ》になってしばらく残るので、その間、肉を食べ放題だし……や、セ、セラフィーナ様そのようなお顔を……わあ！ 治してほしいです!!」

結局、他の３人同様、シェアトもセラフィーナを大事にしていた。

そのため、心配そうな表情を浮かべたセラフィーナに対抗できなかったようで、あっさり治癒を受け入れたのだった。

「……セラフィーナ様のお力は本当にすごいですね。傷一つ残っていないです、はあ」

セラフィーナの治療後、自らの体を隅から隅まで眺め回したシェアトは、傷一つ見つけることができずに、残念そうなため息をついた。

「ああ、オレは痛い思いをしただけですか。今夜の肉は滅多にないフラフラ鳥が出ると聞いていたので無念です」

がっくりと肩を落とすシェアトに、仲間たちはからかい交じりの言葉を掛けていたが……結局、その日の夜から3日続けて、シェアトは3人から全ての肉を捧げられた。

4人分の肉を連続で食べ続けたシェアトはご機嫌で、セラフィーナへのさらなる忠誠を皆に誓ったのだった。

【SIDEカノープス】セラフィーナ様と黒フェンリル

『私ほど主に恵まれている騎士は他にいない』

——誰に対しても、私はそうはっきりと言い切れる。

そして、そのことはとても幸福なことだと、心の底から思っていた。

先日、セラフィーナ様の護衛をしていたところ、王子殿下方に絡まれた。

出会い頭から、王子たちはセラフィーナ様を散々馬鹿にしてきたため、抑えがたいほどの怒りに襲われる。

それでも何とか気を静めていると、王子たちは私を蔑んだ目で見つめてきた。

——私は『離島の民』だ。この国の大多数を占める内地の者ではなく、水かき付きの手を持つ少数民族で、その地位は低い。

そのため、これまでの私であれば、そのような目を向けられたならば、他ならぬ私自身が姫君の価値を下げることを恐れて一歩引いただろうが——私は俯くことなく、王子たちを見返すことができた。

以前、セラフィーナ様が贈ってくれた言葉を思い出したから。

『私はあなたの手に水かきが付いていることを素敵だと思うわ。それじゃあダメなの？』

あの時、セラフィーナ様は国王夫妻がひた隠しにしていた自らの秘密を語ってまで、出自を理由に差別されることはないのだと示してくれた。

だから、私は姫君に宣言したのだ。

『私は今後、誰に何を言われようとも、私の出自を誇りに思うことができます』

そして、実際に王族である王子たちに相対した時も、誇りを持って顔を上げることができたのだ。

私はセラフィーナ様から誇りと自由を与えられた。

それは私にとって何よりも価値があるものだったため、心からの感謝を覚え、今後いかなることがあろうとも、姫君のお心に沿う行動を取ろうと決意したのだが……

「セ、セラフィーナ様⁉」

しかし、その時の私は自分の見たものが信じられず、ある一点を凝視していた。

護衛開始の時刻が迫ってきたので、セラフィーナ様を探して彼女専用の庭に来たのはつい今しがただ。

主であるセラフィーナ様が、自由な時間を庭で過ごすことは稀にあることだったからだ。

だが、目の前の光景は、初めて目にするものだった。

なぜならセラフィーナ様は木の下で気持ちよさそうに眠っていたのだが――――枕にしていたのは、黒い魔物だったからだ。

――――この大陸で認知されている黒い魔物は2頭だけだ。

二大魔獣と呼ばれる、規格外の力を持つ「大災厄」そのものの魔物。

しかし、先日、セラフィーナ様が聖女騎士団と「星降の森」を訪れた際に、3頭目の黒い魔物が確認されたとの報告を受けていた。

ただし、報告によると、3頭目はそのまま森に放たれたはずだ。

にもかかわらず、セラフィーナ様の頭の下にいる魔物は、間違いなく黒色をしていた。

その色を目にしたことで、どくどくと心臓が激しく拍動し始める。

「大災厄」と呼ばれる二大魔獣は、小山のように大きな姿をしているという。

目の前の魔物は黒色をしているものの、セラフィーナ様と同程度の大きさだったため、現時点でそれほど強力ではないはずだ。

私はすらりと剣を抜いて構えると、静かにその魔物に近付いて行った。

……セラフィーナ様が枕にして眠っているところを見るに、この魔物が取り急ぎ彼女に危害を加えることはないのかもしれない。

しかし、そのこととセラフィーナ様の安全が保証されることはイコールでないし、私の役務は彼女を守ることだ。

私は細心の注意を払って1人と1頭のもとに近付くと、剣を持っていない方の手でセラフィーナ様を素早く抱き上げた。

「んんっ……あれ、カノープス？」

セラフィーナ様は目覚められたようで、両手で目元をこすっていたが、私が黒い魔物に対して剣を構えている姿に気付くと、その目を大きく見開いた。

「えっ、カノープス、ダ、ダメよ！　その子は私のお友達なんだから！」

そう言うと、セラフィーナ様はばたばたと手足を動かし始めたが、地面に下ろした途端に黒い魔物に近付くことは分かっていたため、決して下ろすまいと、抱えていた腕に少しだけ力を込める。

「セラフィーナ様、私の役目はあなた様をお守りすることです。何と言われようとも、魔物に近付かせるわけにはまいりません」

「うー」

私の気持ちを理解したのか、セラフィーナ様は大人しくなると、困ったように黒い魔物を見つめた。

その時には黒い魔物も目を覚ましていて、探るようにこちらを見ていたが、私が剣を構えているためか、近付いてこようとはしなかった。

セラフィーナ様は私に抱えられたまま、黒い魔物に話しかける。

「ルド、お勉強の時間だから、行ってくるわね。その間、このお庭から出ちゃダメよ」

どうやらセラフィーナ様は、魔物に名前を付けられているようだ。

その様子から、昨日今日世話を始めたわけではないなと考えていると、セラフィーナ様は私を見上げられた。

「カノープス、(今は)これ以上あの子に近付かないから、きずつけてはダメよ。たまたまこの庭に迷い込んできたけど、他に行くところがないみたいなの。あの子はまだ子どもなのに、仲間からもこうげきされているのよ」

セラフィーナ様は一所懸命、私を黒フェンリルの味方にしようと言葉を重ねてこられたが、申し訳ないことに私の気持ちは全く動かなかった。

なぜなら私の優先順位はいつだって、セラフィーナ様が一番だからだ。

セラフィーナ様を片方の腕に座らせるような形で抱きかかえると、家庭教師が待つ部屋まで移動するため歩を進める。

「お言葉を返すようで申し訳ありませんが、あの魔物は黒色をしています。特別種ですから1頭きりで生き延びることは可能ですし、命を落とすことがあるとしたら、そこが黒フェンリルの命運です。そもそも魔物は決して人に馴《な》れるものではありませんから、ご自身の身を守ることを優先され、決して近付かないようにしていただきたく思います」

しかしながら、セラフィーナ様の表情を見て、私の言葉は全く響いていないようだと判断し、言い方を変えることにする。

「あなた様に何かありましたら、私を始めとした近衛騎士団の騎士の首が幾つも飛びますので……」

「ひあっ！」

今度の言葉は影響を与えられたようで、セラフィーナ様は私の言葉の途中で、驚いたように体を硬直させた。

「そ、それは絶対にダメだわ！」

それから、セラフィーナ様は私の腕の中で向きを変えると、私の首に腕を回してきた。

「ううう、どーすればいいのかしら。シリウスは次にであったら、とーばつするって言っていたのよ」

私が生まれ育った地域では、子どもたちは皆で育てる。

私もよく幼い子どもたちを抱きかかえていたが、その経験が役に立ったようで、セラフィーナ様は安心するかのように私の腕の中に収まってくれた。

そのことが何とも言えないほど嬉しく、姫君に危険が及ばない範囲でご希望を叶えたくなる。

「……誰にも知られたくないのでしたら、黒フェンリルをこの庭から出さないことです。ただし、相手はあくまで魔物ですから、どんな危険があるか分かりません。今後は黒フェンリルと会うのは、私が一緒にいる時だけにしてください」

魔物が人に馴れるという話は聞いたことがない。

そのため、魔物が第三者に遭遇した時の基本行動は、相対した相手の戦力を瞬時に測り、戦うか逃げるかを選択するだけだ。そのはずだ。

しかし、先ほどの黒フェンリルはセラフィーナ様から枕代わりにされることを許容していたし、姫君の隣でリラックスしているように見えた。

黒フェンリル自体が高位の存在であるからなのか、セラフィーナ様の資質の高さを見抜き、彼女を受け入れているようだ。

……獣だというのに、セラフィーナ様の価値を分かっているじゃないか。

セラフィーナ様の真価を理解している黒フェンリルに対して、そこだけは認めようとの気持ちになる。

恐らく、今であれば私の方が黒フェンリルよりも強いだろう。

そのため、セラフィーナ様に害をなさないのであれば、彼女が魔物の世話をするのを見て見ぬ振りをしてもいいのかもしれない、と妥協案を見出す。

もしもセラフィーナ様に仇なすようならば、その途端に切り捨ててしまえばいいのだから。

そう考えた私は忘れていたのだ。

悪事はいつか露見するということを。

◇　◇　◇

翌日の午後、そのことを証するように、会議が中止となって突発的に時間が空いたシリウス副総長が姫君を訪ねてきた。

「セラフィーナ?」

その時、セラフィーナ様は庭にいて、黒フェンリルを枕に空を眺めながら、雲の数を数えていた。

そんな場面に踏み込まれたのだから、慌てて黒フェンリルを隠すべきだったにもかかわらず、セラフィーナ様は無邪気な様子で副総長を見上げる。

どうやら黒フェンリルを枕にしていることを忘れているようだ。

そんなセラフィーナ様を見て、シリウス副総長が唇を歪めながら質問をする。

「セラフィーナ、お前の頭の下にいる黒い塊は何だ?」

「えー、まくらよー」

「枕……生きているように見えるが」

「生きているって、それはとうぜん……………」

何事かを言いかけたセラフィーナ様は、ハッとした様子でシリウス副総長を見つめる。

ようやっと、副総長から黒フェンリルを隠さなければならないことを思い出したようだ。

「と、とうぜん、そんなはずはないわ！　私がはねていたから、まくらがうごいたように見えたのかしらね」

再現するかのようにセラフィーナ様が黒フェンリルの上で頭をバウンドさせると、遊んでいると思われたようで、それまでおとなしくしていた黒フェンリルが足を出して彼女にしがみ付いてきた。

「ひゃあ！　ま、まくらのひもが出てきたみたいだわ」

フェンリルの足を枕の紐と言い張るのは無理があるだろうと思っていると、セラフィーナ様は焦った様子でシリウス副総長に頼み込んでいた。

「シ、シリウスあれを見て！」

セラフィーナ様が動く黒い枕を誤魔化そうとしていることは明らかだったが、副総長は意外にも彼女が指さした方向を見つめる。

すごいな、シリウス副総長は姫君のこんな稚拙な誤魔化しに付き合ってあげるのだな、と妙な感動を覚えていると、セラフィーナ様は慌てた様子で黒フェンリルを立ち上がらせていた。

「ルド、あの木まで走って！」

セラフィーナ様の声を聞くやいなや、黒フェンリルは心得たとばかりに全速力で遠くにある木まで走り去っていったが、こちらを振り向いたシリウス副総長にははっきりとその後ろ姿が見えていたはずだ。

戦場において、敵のどんな動きも見逃さない動体視力の持ち主だ。

これはもう言い逃れができないだろうな、と覚悟していると、シリウス副総長はセラフィーナ様を抱き上げた。

「セラフィーナ、お前に話がある」

「あああああ」

副総長の表情から小言をいただくことを予想したようで、セラフィーナ様が絶望的な声を上げたが、私に姫君を助ける術があるようには思われなかった。

そのため、私はぐっと拳を握り締めると、後悔する気持ちのまま立ち尽くしていたのだった。


――――私は先日、心に浮かんだ言葉を思い浮かべる。

『私ほど主に恵まれている騎士は他にいない』

そのことに疑問の余地はないが、……私自身はその護衛騎士として、セラフィーナ様を正しく守ることができているのだろうか。

普段よりも厳しい表情でセラフィーナ様を抱き上げたシリウス副総長を見て、私はもっと強く彼女を諫めるべきだったのかもしれない、と後悔する気持ちが湧き上がる。

そうすれば、セラフィーナ様が今、『シリウス副総長』という災厄を呼び込むことはなかっただろうから。

そんな私の気持ちが分かっているのかいないのか、抱き上げられたセラフィーナ様は私を見ると、ぱちりとウィンクをした。

……余裕そうに見えるのは、私の希望的観測か。

それとも、これから何が起こるのかを正しく理解できていないのか。

いずれにせよ、護衛騎士である私は、自分の役目を正しく果たすべく、副総長に連行されるセラフィーナ様の後に続いたのだった。

セラフィーナ、シリウスから尋問される

しんたいきわまる。とは今の私のことを言うのだろう。

黒フェンリルを枕にして雲の数を数えていた私は、そのままシリウスの部屋に連行された。

そして、現在。私はソファに座りながら、目の前で真剣な表情をしているシリウスを前に、どうすればいいのかしらと、頭をフル回転させていた。

シリウスの部屋では、侍女がお茶の準備をしてくれているとともに、部屋の隅にはカノープスが控えている。

つまり、立派な大人が2人もいるのだけれど、彼らに助けを求めたとしても、私を救うことができるかどうかは甚だ疑問だった。

なぜなら相手が悪過ぎる。

シリウスを前にした私を助け出せる者なんて、王様くらいしかいないだろうけれど、実際に王様であるおとー様ですら、今の私を助けることは難しいように思われたからだ。

そのため、私が誰かに助けを求めるよりも早く、シリウスが鋭い声を出す。

「セラフィーナ、お前は庭で黒フェンリルを飼っているのか？」

「え？　何ですって？」

「お前は庭で黒フェンリルを飼っているのか？」

「あー、侍女が茶器をかちゃかちゃしているから、聞こえないわ」

……しんたいきわまり過ぎて、聞こえない振りをすることしか思いつかない。

「……セラフィーナ、お前は庭で黒フェンリルを飼っているのか？」

もう一度、侍女が手を止めた隙を狙ってシリウスが繰り返したけれど、ちょうどいいタイミングでカノープスがくしゃみをする。

「あー、カノープスがくっしゃんしたから聞こえないわー」

すると、シリウスはぎらりとした視線を私の背後に向けた。

「茶器を触るのを止《や》めろ！　それから、カノープスは息を止めろ!!」

滅茶苦茶なオーダーが入り、しんとした沈黙が落ちた中、シリウスは4度目となる同じ言葉を繰り返した。

「お前は庭で黒フェンリルを飼っているのか？」

「はい、お庭で黒フェンリルをかっています。ごめんなさい」

私は素直に告白すると、頭を下げた。

先日、オリーゴーを紹介した際に、シリウスは『オレはもうお前がどんな友達を連れてきても、驚きはしないだろう』と言っていたので、もしかしたら見逃してもらえるかもしれないと期待したけれど、そう上手くはいかないようで、シリウスは難しい表情のまま言葉を続ける。

「セラフィーナ、オレは言ったな。見逃すのは一度だけだと。次に出遭った時は、必ず討伐すると」

「ええ、覚えているわ。でも、それは黒フェンリルが人に害をなすから、シリウスがふせぐという話でしょう？　あの子は決して誰もきずつけないから……」

必死になって言い募ると、シリウスは説得するような声を出した。

「セラフィーナ、魔物は決して人に馴れない。今現在、お前の言うことを聞いているように見えたとしても、それはお前より弱いことを自覚しているからだ。いずれ力を付けたならば、お前を襲ってくるぞ」

「それは、私の方がルドよりも強いということ？」

びっくりして問いかけると、シリウスから考え込むような目で見つめられる。

「…………」

シリウスが黙ったので、答えるのが難しいのかしらと返事を待っていると、彼は困った様子で頭を振った。

「一般的な話として、黒フェンリルが攻撃しないのであれば、相対する者を強者と見做しているはずだ。しかし、戦闘力を比較すると、間違いなくお前の方が黒フェンリルよりも弱い。そのため、黒フェンリルがお前を攻撃しないことの説明が付かないと、先ほどから訝しく思っていたところだ」

「もしかしたら私にはかくされた力があるのかもしれないわ！　セラフィーナぱんちとか!!」

新たな可能性を示してみせたけれど、シリウスは丸っと無視すると、彼が沈黙したもう一つの理由を口にした。

「ところでオレは、お前が自然な様子で黒フェンリルの名前を呼んだ姿を見て、いつの間にそれほど仲がよくなっていたのかと衝撃を受けている」

「あっ」

どうやら私はしゃべり過ぎてしまったようだ。

今さらながら慌てて口を押さえると、シリウスは言い聞かせるかのような表情を浮かべた。

「セラフィーナ、魔物は人と違う。個体が持つ個性の幅は狭く、ほとんどの場合に種としての本能が優先される。魔物はすべからく、人や他の魔物を襲うようにできているのだ」

「でも、ルドは一度も私をおそわなかったわ」

しょんぼりと俯くと、シリウスは無言になった。

そのため、彼を困らせているのだわ、と申し訳ない気持ちになる。

黒フェンリルを見逃してもらった時、こんな処遇はあの時1回きりだとシリウスと約束をした。

彼には彼の立場や主義主張があるのだから、私の我儘を聞いてばかりいられるはずもないのだ。

そのことを分かっていたのに、王城に付いてきた黒フェンリルをそのままにしていたのは私だ。シリウスとルドが鉢合わせをしたのは私の責任なのだから、彼にルドを討伐させることなく、森に戻さないといけない。

そう決意しながら顔を上げると、シリウスは手を伸ばしてきてくしゃりと私の髪をかき混ぜた。

思ってもみない行動をされ、目を瞬かせていると、シリウスが自分に言い聞かせるような言葉を口にする。

「お前が名前を付けるほど、その魔物は長い時間この王城にいたのだな。しかし、ここしばらくの間、王城の人間で獣に襲われたという者も、行方不明になった者もいやしない。つまり、お前が言うように、その魔物はお前を含めて誰も襲ってはいないのだろう」

「シリウス?」

彼の言いたいことが分からずに名前を呼ぶと、シリウスは諦めたように肩をすくめた。

「お前がそれほど魔物に心を移す前に気付かなかった、オレのミスだ」

「えっ、いいえ、もちろんちがうわ。私が」

言いかけた私をシリウスが遮る。

「黒フェンリルを森に放った後、オレも黒色の魔物について調べてみた。結果、『二大魔獣』と呼ばれる黒色の魔物が、人々に直接的な被害を与えているかどうかは不明だった。双方の魔物は人里から離れた場所に棲んでいるため、そもそも人と遭遇することがないのだ。さらに言うと、黒色魔獣は配下の魔物を統率する傾向があるため、その地域一帯に秩序が生まれ、他地域よりも人への被害が少ないとの報告もあったくらいだ」

シリウスが色々と調べてくれたのはありがたいことだけれど、いかんせん発言内容が難し過ぎる。けれど、分からないと言って場を白けさせてもいけないので、私は分かったような顔をしてうんうんと頷いた。

「だから、これは一つの有効性の確認だ。ここ最近の騎士団は、『星降の森』を始めとした周辺一帯の森や山にフェンリルが増え過ぎたため、それらの魔物を討伐することに多くの労力を割いている。そのため、フェンリルたちをまとめる魔物が存在した場合、奴らの数が間引かれたり、統率されたりすることで、我々の労力が減少するのではないかとな」

今度もシリウスが言っていることの半分も分からなかったけれど、うんうんうんと頷く。

「その検証を行うことにしよう。そのため、黒フェンリルが1頭でも生き延びられるようになるまで、ここで一時的に保護しよう。期間は一冬あれば十分だ。次の春が来たら、その魔物は森に返すぞ」

今度は分かった。

シリウスがこれから半年以上も、黒フェンリルを飼っていいと言ってくれたことが。

「シリウス！」

嬉しくなって飛びつくと、彼は体をかがめてきて、目線を同じ高さに合わせてくれる。

それから、真剣な表情を浮かべると、言い聞かせるような声を出した。

「王城で保護する間、万が一にも黒フェンリルが人を襲うような場面を生じさせてはならない。お前の名前に傷が付くうえ、お前が最も望まない事態を引き起こすことになるからな。そのため、お前の庭一帯は封鎖して、常に近衛騎士たちに警備させる。お前も庭に入る時は、最低でも3人以上の騎士を付けるのだ」

「シリウス、ありがとう!!」

シリウスが私のために色々と考えてくれた気持ちが嬉しくて、全力でお礼を言うと、彼は仕方がないなとばかりに苦笑する。

「……お前は自分のために、翡翠貝の装身具を一つしか残さなかったと聞いた。それ以外は全て、お前の家族やシェアトの故郷の故人たちに捧げたのだと。そのたった一つの装身具を、あの魔物の首輪に着けていたのであれば、黒フェンリルをどれだけ大切にしているのかがうかがえるというものだ」

まあ、シリウスはほとんどルドの姿を目にしていないはずなのに、よくそんな細かいところまで気付いたわね。

「私がルドを大切にしているから、自分の考えを曲げてくれたの?」

びっくりして尋ねると、シリウスはちらりと私を見た。

「……少しだけな」

シリウスは何でもないことのように肯定したけれど、普段あまり感情を見せないカノープスが目を見開いて絶句していたので、破格の行動なのだろう。

「シリウス、私のためにむりをしてくれてありがとう！　そんなシリウスが、私は大好きよ!!」

そう言いながらばふりと抱き着くと、シリウスははっきりと顔をしかめた。

「……お前はどこでそんな言葉を覚えてくるんだ？　未だ6歳なのに末恐ろしい限りだな。お前が成人した暁には、全くお前に歯が立たないような気になってきたぞ」

「えっ、私の体はけっこうやわらかいから、シリウスの歯だったらがぶりとかみつけるはずよ。でも、悪いことはもうしないからかみつかないでね」

「……そういう意味ではない」

シリウスはわざとらしいため息をついた後、「お前の頓珍漢な言葉を聞くと、やはり6歳相当だと思えて安心するな」とにやりと笑った。

私たちの後ろでは、無言で成り行きを見守っていたカノープスが、ホッと安堵のため息をついている。

その姿を見て、私はカノープスにも心配を掛けたのだわと申し訳ない気持ちになるとともに、そんな彼を安心させるためにも、シリウスがルドを見逃してくれてよかったわ、と改めて思ったのだった。

◇　◇　◇

後日、騎士たちと「人生で最悪の恐怖体験」を順番に話し合う機会があった。

その際、私はこの時のことを思い出し、普段よりも怖い声でシリウスから問い詰められた話を披露する。

すると、私の表情と語り口に迫力があったようで、騎士たちは恐ろし気に身を震わせると、大きな体を縮こまらせた。

「えっ！　シ、シリウス副総長から尋問されたんですか？」

「1対1で⁇」

「至近距離で⁉」

顔を引きつらせて返事を待つ騎士たちに、私は大きく頷く。

「そうなの。カノープスには息を止めろとか言い出すし、すごいはくりょくだったわ！」

「「「ひいいいいいい‼」」」

私の話を聞いた騎士たちは全員で後ろに倒れた後、青白い顔で見つめてきた。

それから、口をぱくぱくとさせて声にならない声を出そうとしたけれど、難しかったようで黙り込んでしまう。

けれど、騎士たちの顔色がどんどん悪くなっていったので、どうやら頭の中で勝手に話の続きを想像したようだ。

そして、それは非常に恐ろしいものだったようで、全員が床に這いつくばったままギブアップを申し出てくる。

「ひ、姫君、もう結構です！　これ以上話を聞くと、オレは今夜眠れなくなります!!」

「オ、オレもトイレに1人で行けなくなるので、これ以上は勘弁してください!!」

「そーお？　これからが私のゆうかんなところで、シリウスと対決する話なのだけれど」

笑顔を浮かべて話の続きをほのめかすと、騎士たちは床に体をくっつけたまま、全員でざざっと後ずさった。

「「ひあああ!!　け、結構です！！！」」

騎士たちがそんな風に泣きを入れてきたため、私の話は途中で終了してしまった。

けれど、嬉しいことに、私の話が「人生で最悪の恐怖体験」第1位であることが満場一致で認定される。

そのため、私は騎士たちに向かって胸を張ったのだった。

「うふふ、こわーい話は私にまかせてちょうだい！」

【ＳＩＤＥシェアト】近衛騎士の矜持

「はあ？」

オレは凄みを聞かせた声を出すと、足元に転がっていた瓶を蹴り上げた。

すると、空瓶は綺麗に飛んでいって壁にぶち当たり、ガシャンと派手な音を立てる。

「シェアト、お前は頭に血が上り過ぎだ！」

隣にいたミアプラキドスが諌めるように肩を摑んできたが、オレはその手を勢いよく振り払った。

それから、諭すようにオレを見つめてくるミアプラキドスを怒鳴りつける。

「どこがだ!?　これで血が上らないとしたら、お前の体には血が巡っていないんだろうよ！」

「……誰も、オレの頭に血が上っていないとは言っていない」

ミアプラキドスは静かな声でそう答えると、オレの隣に立って、目の前に居並ぶ第一騎士団の騎士たちを険のある目で見回した。

……そうだった。ミアプラキドスはキレた時ほど、外からは冷静に見えるんだった。

そう考えながら、オレも同じように目の前の騎士たちを睨み付けたのだった。

◇　◇　◇

そもそも事前に警告は受けていた。

第一騎士団に所属していた時の同僚から、「気を付けろ」と注意喚起されていたのだ。

――それは先日、訓練場に顔を出した時のことだ。

「よう、シェアト、調子はどうだ？」

前の職場の同僚から、気安い調子で声を掛けられたのだ。

そして、少し話をした後、オレの態度を観察していた相手の騎士から、呆れた様子で頭を振られた。

「シェアト、お前は変わったな！　第一騎士団にいた頃は『超寡黙で超真面目』だったのに、今じゃチャラッとしちまって、まるで別人じゃないか！　というか、そっちが素だよな。隠れていたお前の残念キャラを許容するくらい、近衛騎士団は懐が深いのか？」

「残念キャラって……さり気なく悪口を挟むのは止《や》めてくれ！　だが、そうだな。お前も知っての通り、第一騎士団は規律が厳しかったから、あそこでこの性格を表に出すのは無理だったろう。そして、近衛騎士団は緩いというよりも、セラフィーナ様をお守りすることに主眼を置いているから、それ以外のことは大概見逃してくれるんだ」

正直な感想を漏らすと、羨ましそうにつぶやかれる。

「ふうん、そりゃいいな」

オレ自身も近衛騎士団は素晴らしい職場だと思っていたので素直に頷くと、説明を補足した。

「なんせ護衛対象が貴重過ぎるし、不規則な動きをし過ぎるからな。厳しい規律に従うことに夢中になっていては、とても姫君をお守りできない。それに、幼い姫君の遊び相手みたいな一面もあるから、この性格で過ごしても許容してもらえるんだ」

オレの言葉を聞いた相手の騎士は納得した様子で頷いたが、突然、とんでもないことを言い出した。

「そうか、噂通り姫君は特別扱いされているんだな。しかし、ここだけの話、姫君は出来が悪いんだろう？」

「はあ？　一体誰がそんなことを言ったんだ？」

瞬間的に頭に血が上り、普段よりも低い声を出すと、相手は慌てた様子を見せた。

「おい、殺気を飛ばすなよ！　誰がというか、第一騎士団では誰もがそう言っているぜ。いや、だから、オレが言い出したわけじゃないんだから睨むなって！　お前はホントにチンピラみたいになっちまったな」

「悪かったな」

ぶすっとむくれると、騎士は内緒ごとを話すかのように声を潜める。

「ほら、第二王女は生まれた直後から最近まで辺境暮らしだったじゃないか。他にも王子王女殿下は4人いらっしゃるが、王城以外で幼少期を過ごされた方は1人もいない。だから、辺境暮らしというのは、幼い王族の暮らしとしては尋常じゃないと言わざるを得ない」

それはごもっともな話だったので、言い返せずに唇を噛む。

「だから、第二王女が王城では暮らせない何か大きな問題を抱えていたのだろうというのがもっぱらの噂だ。まれに騎士団に顔を見せられる王子殿下方も、その噂を耳にしながら否定されないしな」

「…………」

反論の言葉を持たなかったため、オレは口を噤まざるを得なかった。

誰もが知っているように、セラフィーナ様が約2か月前まで、王城から離れた場所で暮らしていたのは事実だ。

シリウス副総長が離宮に迎えに行くまで、誰もが王女殿下の存在を忘れていたし、だからこそ話題に上ることもなかった。

しかし、セラフィーナ様が王城に戻ってくると、皆は突然彼女のことが気になって仕方がないとばかりに、これまでのことや今現在の状況について噂話を始めたのだ。

その内容は多岐にわたったが、総じると『子ども思いの国王夫妻が、王城から離れた場所で育てたいと思うほどの大きな問題を、セラフィーナ様が抱えていた』というものだった。

オレには事実かどうかも分からないが、少なくとも姫君の出来が悪いという噂はデマだと考えながら、悔しさに拳を握り締めていると、相手の騎士は噤んでいた口を再び開いた。

「んー、まあ、これは昔のよしみで話すんだが、第一騎士団に限って言うと、ちょっとばかり情報を操作されているように感じるな」

はっとして顔を上げると、相手は顔を近づけてきて一段声を落とす。

「ほら、第一騎士団には前から、お前やミアプラキドスのことが気に入らない一派がいただろう？お前たちが上位の席次にいたのを、インチキだとかえこひいきだとか、散々言っていた連中だよ」

いたな。ことあるごとに、オレとミアプラキドスに突っかかってきた一団が。

ルクバー・ヘインズという第4位の席次にいた奴が中心になっていたはずだ。

自分より上位の席次の者が気に入らないのかと思いきや、第2位の席次の騎士には無頓着だったから、単純にオレ（第3位の席次）とミアプラキドス（第1位の席次）が嫌われていたのだろう。

「今回の異動で上位陣が全員近衛騎士団に異動したから、今じゃああいつらが第一騎士団で幅を利かせている。そして、お前らの異動先である近衛騎士団をこき下ろしている」

「そうか」

「連中は近衛騎士団を徹底的に悪く言いたいから、その一環として第二王女も悪しざまに言っているってわけだ。もちろん、王国騎士が王女殿下の悪口を正面切って言えるわけもないから、そこは噂話の形にしたり、伝聞の形にしたりと、巧妙に表現しているがな」

先日の異動で、第一騎士団で第3位までの席次にいた騎士は全て近衛騎士団に異動した。

そのため、オレたちが抜けた後の第一騎士団に、これまでとは異なる勢力図が描かれるのは当然のことではあるが……。

「オレたちが同じ団にいた頃から、陰に日向にとオレとミアプラキドスの悪口を言っていた連中だ。どちらも異動した今、さぞ高らかにオレたちの悪口を言っているんだろう。それは勝手だが、お仕えする姫君の悪口にまで及ぶとなると看過できねえな」

剣呑な表情でそう言うと、相手は困惑した様子で顔をしかめた。

「おいおい、同じ騎士団の仲間なんだから、あまり荒ぶらないでくれよ。だが、用心はすることだ。お前に一番突っかかっていたルクバー・ヘインズが、今や第一騎士団で第1位の席次だ。直接手を出してくるような愚か者じゃないとは思うが、こればっかりは分からないからな」

「はっ、手を出してきたとしたら望むところだ！　堂々と返り討ちにできるからな!!」

激した口調でそう返すと、相手は困った様子で頭を振った。

その姿を見て、わざわざ親切に忠告してくれた相手を心配させてはいけないなと反省する。

そのため、オレは努めて明るい表情を浮かべると、彼の背中をぱちんと叩いた。

「冗談だ！　お前が心配するような真似はしない」

それから、普段よりも陽気な声を出す。

「だが、いら立たしい気持ちなったのは事実だから、発散させないとな！　ひと試合付き合ってくれ!!」

相手の騎士が安心した様子でほっと息を吐いたことを確認すると、オレは笑みを浮かべた。

それから、剣を握り直したのだった。

◇　◇　◇

そもそもオレが騎士になったのは、妹を養育する金を稼ぐためだ。

しかし、魔物に家族を殺された過去から、魔物を殲滅《せんめつ》したいという考えに囚われ、初めに配属された第六騎士団で、主業務である魔物討伐にのめり込んだ。

結果、無茶な場面でも魔物の殲滅を優先する姿を心配され、第一騎士団に転属させられたが、エリート部隊であるはずの第一騎士団に所属し、王族警護業務に就いたことを誇らしく思うよりも、魔物討伐ができる前の職場に戻りたいという気持ちの方が強かった。

そんな風に過去に囚われ、復讐することしか頭になかったオレの価値観を変えてくれたのはセラフィーナ様だ。

後ろしか見ていなかったオレに、前に続く新たな道を示してくれたのだから。

そして、こんなオレでも未来へ進むことができるのだと教えてくれた。

そんな姫君をお守りできる立場にいることが、心から誇らしい。

誰に対しても、オレはセラフィーナ様を守護する近衛騎士なのだと胸を張って言うことができる。

――――オレがお守りしているのは、この国で最も尊く、最もお優しい聖女なのだから。


その日の夜、オレは城近くの料理店で、ミアプラキドスと酒を酌み交わしていた。

主目的は訓練所で警告された話を共有することだったので、一通りの出来事を伝達すると、ミアプラキドスは難しい表情で黙り込んだ。

そのため、オレは独り言のような言葉を零す。

「オレは姫君が素晴らしいことを知っている。しかし、それだけだ。もしかしたら姫君は問題を抱えられているのかもしれないが、オレには一切分からない。分からないことが不甲斐ない。『第二王女は生まれた直後から最近まで辺境暮らしだったから、王城では暮らせない大きな問題を抱えていたのだ』と言われたが、何一つ言い返せなかったからな。これでは消極的に肯定したのと同じことだ!!」

激しい調子で話をするオレを慰めるかのように、ミアプラキドスがオレの肩を摑んだ。

「落ち着け！　こんな時こそ、例の『箔付け効果』の出番だぞ!!」

既知の情報とばかりに発言されたが、聞いたことがない単語だったため、面食らって聞き返す。

「何だって?」

すると、ミアプラキドスはおやっという風に片方の眉を上げた。

「こっちは聞いたことがなかったか。お前が言ったように、セラフィーナ様に大きな問題があるという噂は有名だ。しかし、この噂には続きがあって、問題を隠蔽し、姫君を立派に見せるために、シリウス副総長やオレたち近衛騎士団が姫君を装飾していると続くのだ。これが『箔付け効果』だ」

最後は自慢するかのようにミアプラキドスが自分自身を指さしたので、オレは顔をしかめる。

「お前が装飾品なのか？　どれだけ望んでも彼女の1人もできないお前が？　姫君の価値が下がるだけだろう！」

「これはこれは、姫君を飾る極上の宝石に対して失礼な」

陽気な調子で言い返してくるミアプラキドスを無視すると、オレは頭を抱えた。

「お前は能天気でいいよな。実際に姫君の問題を知ったからと言って、オレたちが解決できるとは限らないから、知らないままでも実情は変わらないのかもしれないが」

「その通りだ！　オレたちにできる最上のことは、襟を正していつだって立派であることだ。そうすることで、立派な近衛騎士団の騎士たちが守るほどの価値が、セラフィーナ様にあるのだと世間に知らしめることになるからな」

ジョッキの酒を一気飲みし、誇らし気に胸を叩くミアプラキドスをじっと見つめる。

「……お前にしちゃあいいことを言うな。その通りだ。よし、オレは姫君の極上の装飾品になってやる！」

「ははは、その意気だ！　そもそも考えるのは、オレやお前の担当じゃないんだよ。外向けの交渉や、悪辣な策略を巡らせるのは、全てファクトの仕事だ。ほら、あいつはお前と違ってうちの公式窓口だからな」

「非公式窓口で悪かったな！」

むくれながらも、ミアプラキドスの言葉の正しさに納得すると、今聞いたばかりの名前の人物を思い浮かべた。

そうだ、あいつがいたな。

ファクト・ジー。

元第一騎士団第2位の実力を持つ、嫌味外交担当だ。

もちろん彼は広報担当でなく騎士の1人だから、正式な『公式窓口』であるはずもなく、騎士たちが軽口でそう表現しているだけに過ぎない。

しかし、言葉よりも腕力が優先される騎士たちの中にあって、ファクトの舌戦の見事さは誰もが認めるところであり、騎士の誰かが口論になった場合は、必ずファクトを呼んでいたのだ——彼が第一騎士団に所属していた時分から。

そう考えていると、ミアプラキドスが「おっ、ちょうど来たぞ！」と朗らかな声を上げた。

「こんなこともあろうかと、今夜のメンバーにあいつも入れておいたんだ！　ファクト、こっちだ！」

混雑した料理店の中、器用に人を避けて歩くすらりとした長身の騎士は、ミアプラキドスの大声に顔をしかめた。

それから、その騎士は薄紫色の髪を揺らしながら近付いてくると、ミアプラキドスの隣に座り、テーブルの上の空になったジョッキを細めた目で見つめる。

「私は時間通りに来たはずなのに、既に2人とも出来上がっているとはどういうことだ？」

かけていた眼鏡を人差し指で押し上げながら、秀眉を上げて不快そうに告げてくる相手を前に、オレとミアプラキドスは笑いが込み上げてくるのを感じた。

「ははは、出たぞ！　挨拶よりも早く繰り出されるファクトの嫌味が!!」

「ああ、これでこそファクトだ！」

からかい交じりにそう口にすると、ファクトは眉根を寄せる。

「人を呼び出しておいて、出合い頭に悪口を言うとは素晴らしいマナーだな。そもそも私が口にしたのは事実だ。それを嫌味と解釈するとしたら、お前たちの心が歪んでいるんだ」

「歯に衣着せぬ言葉をありがとよ！　心が歪んでいるオレたちと食事を付き合ってくれて感謝する！」

「オレたちは心が曲がり過ぎていて、正義のありかが分からないからな。心がまっすぐなファクトの意見を聞きたくてご同席願った次第だ」

オレとミアプラキドスはそう返すと、セラフィーナ様の話を伝えた。

ファクトは黙って聞いていたが、聞き終わると、オレとミアプラキドスに向かって簡潔に告げる。

「解決策は単純明快だ。ルクバー・ヘインズと仲直りをしろ！」

全くもってごもっともな助言だった。

が、それができるのならばとっくにそうしている。

「ひどく真っ当な助言ではあるが、いつだって突っかかってくるのはあいつだぞ。挑発されるから、受けて立っているだけだ」

そう答えると、ファクトはこれ見よがしのため息をついた。

「なぜ受けて立つ？　席次が上位になるほどに、求められるものも高くなる。品格だとか冷静さだとかな。奴と同じ土俵に立つ必要はない。受け流す余裕を持て」

「…………お前の言うことは正論だが」

「『だが』は不要だ！　受け流せ！　分かったか!!」

「……分かった」

返す答えは一つしか用意されていなかったため、肯定の返事をすると、ファクトは満足した様子で頷いた。

それから、次の相手とばかりにミアプラキドスに顔を向ける。

「ミアプラキドス」

ファクトから名前を呼ばれたことで、やはり説教をされることを予想したミアプラキドスが、先回りをして同調する様子を見せた。

「ファクト、オレは元から分かっているぜ！　いつだって熱くなるシェアトの援護射撃をしていただけだからな。シェアトが受け流すのならば、そもそもオレの出番はない」

ミアプラキドスめ、こいつは案外要領がいいな。

そう腹立たしく思ったものの、一応の結論が出たため、オレたちは酒宴の続きに戻った。

さすがファクトだ。これで今後の方針が出たな、と安心しながら……

◇　◇　◇

しかし、物事というのは必ずしも思い通りには進まないようだ。

気分よく店を出た帰り道で、話題にしていたルクバー御一行様と鉢合わせをしてしまったのだから。

運が悪いなと思いながらも、ファクトに言われた通り、体から気品と冷静さを滲み出させるために心を落ち着かせようと深い息を吐く。

「これはこれは、騎士団内の穀潰したちじゃないか」

そんなオレの努力を無にするかのごとく、ルクバーが厭味ったらしい言葉を発した。

ルクバーの後ろでは、第一騎士団の連中6、7名が、にやにやしながら細い道を塞ぐように立っている。

邪魔だなと思ったが、場所は店の裏手にあたる一本道のため、まっすぐ進むしかない。

「殺潰し？」

意味の分からない単語を聞いたとばかりにミアプラキドスが繰り返すと、ルクバーたちは品がない声でげらげらと笑い出した。

「ああ、近衛騎士団なんてそもそも不要の存在だろうが！　王族警護はオレたち第一騎士団が果たしているのだからな!!」

「にもかかわらず、敢えて近衛騎士団を立ち上げたのは、オレたち不特定多数の騎士には見せられないような相手を護衛対象とするからだろう？　見事におべっか使いや、迎合することが得意な連中ばかりを寄せ集めたものだと感心しているよ!!」

「近衛騎士団は『箔付け効果』のためだけに立ち上げられた、有名無実な団体でしかないからな!!」

『気品と冷静さ、気品と冷静さ』と馬鹿の一つ覚えのように心の中で繰り返していた言葉が、姫君を悪しざまに言われた途端、消えてなくなる。

代わりに腹の底から激しい怒りが湧き上がってきた。

「はあ？」

オレは凄みを利かせた声を出すと、足元に転がっていた瓶を蹴り上げた。

すると、空瓶は綺麗に飛んでいって壁にぶち当たり、ガシャンと派手な音を立てる。

「シェアト、お前は頭に血が上り過ぎだ！」

言葉で返すよりも早く、いきなり足が出たことを心配されたようで、隣にいたミアプラキドスが諌めるように肩を摑んできたが、オレはその手を勢いよく振り払った。

それから、諭すようにオレを見つめてくるミアプラキドスを怒鳴りつける。

「どこがだ!?　これで血が上らないとしたら、お前の体には血が巡っていないんだろうよ！」

「……誰も、オレの頭に血が上っていないとは言っていない」

ミアプラキドスは静かな声でそう答えると、オレの隣に立って、目の前に居並ぶ第一騎士団の騎士たちを険のある目で見回した。

……そうだった。ミアプラキドスはキレた時ほど、外からは冷静に見えるんだった。

そう考えながら、オレも同じように目の前の騎士たちを睨み付けたところで、1人だけ温度の異なる声が響いた。執務室で事務官が出すような緊迫感の欠片もない声が。

「待て、ルクバー！　お前は今まで一度も私に突っかかってきたことはなかったはずだ！　なのに、なぜ私にまでそのような剣呑な視線を向ける。まさかとは思うが、お前が呼びかけた『殺潰し』の中に、私が入っているわけではあるまいな」

ルクバーはオレやミアプラキドスには散々な態度を取ってきたものの、ファクトに対して敵意を見せたことはなかった。

そのため、ファクトは初めて向けられた敵意に動揺している様子だったが、ルクバーは気にすることなく怒声を上げる。

「うるせえ！　お前にはわざわざ突っかかる理由がなかったから当たっていなかっただけで、認めていたわけじゃあねぇ！　お前はいつだって賢《さか》しげにべらべらとしゃべり続けるから、うるせえなと常日頃から思っていたんだよ!!」

ファクトは想定外の言葉を聞いたとばかりに一瞬絶句したが、すぐに呆れた様子で頭を振った。

「なるほど、遅ればせながらお前の気持ちは理解した。しかし、発言内容から推測するに、お前は私の真意を理解できていないな。私の言葉の底にある思いやりと優しさを理解できていれば、とてもそのような言葉は吐けないはずだ」

ファクトはため息をつくと、仕方がないとばかりに片手を振る。

「まあいい、とりあえず冷静になるためにも、まずは私の話を聞け」

そう言いながら、ファクトが無造作にルクバーに近付いていくと、彼は身構えるでもなく馬鹿にした様子でファクトを見つめた。

「はん、この期に及んで交渉タイムか？　意気地なしもいいところだな！　訳アリ姫の護衛に付いた、お前らのような腰抜けどもが取りそうな戦略だ!!」

ルクバーはオレたちの倍以上の人数を揃えていることで気が大きくなったのか、大声で笑いながら揶揄《やゆ》する言葉を投げ付けてくる。

その態度は見るからに尊大で、調子に乗っているようだった。人の話を聞くようには見えない。

これはさすがのファクトでも説得できないんじゃないか、と心配になったが、彼は安心しろとばかりに片手を上げた。

「まずは私に任せろ」

セラフィーナ様のことを「訳アリ姫」と揶揄されたことで、怒り心頭に発していたオレは、ファクトのように平静な声を出すことすら難しかったため、ぐっと唇を噛みしめたまま成り行きを見守る。

しかし、怒りが沸点を超えたことで、逆に周りがクリアに見え出したのか、ファクトがルクバーまであと1メートルという距離まで進んだところで、眼鏡を外して胸ポケットに入れる姿がしっかりと目に入った。

そのため、オレは困惑して間の抜けた声を上げる。

「ん?」

ファクトが眼鏡を外すのは、風呂と剣を持つ時に限られるんじゃなかったか……と考えている間に、彼は素早く距離を詰めた。

それから、目にもとまらぬ速さで拳を振り上げたかと思うと、そのままルクバーの頬にめり込ませる。

ドゴン！　と派手な音を立てて、ルクバーが地面に叩き付けられた。

「は？　ファクト、お前は何をやっているんだ!!」

想定外の出来事に、ぽかんとしてファクトを見やると、彼は至極冷静な表情で返事をした。

「私が交渉をするのは、言葉を理解できる者限定だ。セラフィーナ様の価値を理解できないような者は、そもそも言葉を解せないと判断すべきだろう」

いかん。表情も声も変わらないので気付かなかったが、ファクトは完全にキレている。

「おおう、お前にしては雑な論理だな！」

そして、同じようにキレているミアプラキドスが、似通った波動でも感じたのか、楽しそうに合いの手を入れている。

第一騎士団では『超寡黙で超真面目』と言われていたオレだが、その前に所属していた第六騎士団では、命知らずな様子で魔物に突っ込んでいく姿をもって『狂犬』と呼ばれていた。

そんなオレが冷静さを取り戻すくらい、目の前の2人はキレ散らかしていた。

「はーっ、我慢しようとして損したな。だが、正面衝突とはファクトにしちゃいい決断だ。よし、お前ら覚悟しろよ！　こうなったオレたちを相手にして、倍の人数くらいで相手になると思うんじゃない!!」

吹っ切れた気持ちになったオレはそう叫ぶと、走っていって、目の前の騎士の腹に一発入れた。

それから、その隣に立っていた騎士を蹴り飛ばす。

ああ、城外で騎士仲間と喧嘩をしたのだから、懲罰を食らうのは間違いないな。

そう考えていたところ、ファクトが騎士の1人を締め上げながらぼそりと呟く。

「懲罰を食らうことは既に確定した。だとしたら、後悔することがないよう、思いっきり締め上げるぞ」

……『狂犬』はこっちじゃないか。あるいは、『理性的に計算する狂犬』とでも言うべきか。

ただの『狂犬』より何倍も質《たち》が悪い。

が、意見が一致したのは喜ばしいことだ。

「ははっ、ファクト、お前の言う通りだ！　ここは容赦する場面じゃないな!!」

目の前の連中を叩き潰すことに同意すると、オレは彼らに向かってもう一度、拳を振り上げたのだった。

セラフィーナ、ミラクの村を訪問する

突然、シェアトとファクトとミアプラキドスの3人が護衛業務から外れてしまった。

カノープスに尋ねると、他団の騎士と喧嘩をしたため、罰として厳しい訓練が科せられてしまい、3人で訓練場に籠って一日中訓練をしているとのことだった。

喧嘩の原因は教えてくれなかったけれど、「シェアトたちはわずか3名で、8名もの騎士を叩きのめしました」とわざわざ口にしてきたので、相手に勝利したことを喜んでいるようだ。

相手の人数が倍以上だったのならば怪我をしたはずだわ、と心配になって覗きに行くと、3人は汗びっしょりの姿ながらも朗らかに笑いかけてきた。

心配したほどひどくはなかったものの、3人の顔や体には見て分かるほどたくさんの切り傷や青あざができている。

聖女として治癒したい気持ちがむくむくと湧いてきたけれど、全く治療されていない様子に違和感を覚えて行動することを躊躇する。

これだけの怪我をしているのに回復魔法を使用していないのは、『騎士同士の争いで生じた傷は治癒してはいけない』といった鉄の掟が、騎士団内にあるのかもしれない、と思われたからだ。

ぎゅっと握りこぶしを作って我慢していると、私の気持ちを読み取ったらしいファクトが、「私闘が原因の怪我に、回復魔法の使用は禁止されています」と教えてくれた。

やっぱりそうだったと項垂れると、シェアトが何でもないといった様子で、青あざができた右肩を叩く。

「見た目ほどひどくはないんですよ。これくらいの怪我でしたら、2、3日すれば治りますし。それよりも、セラフィーナ様、こんなところまでどうされました？」

「えっ、あの、3人がどうしているのかなと思って」

訪問理由を聞かれるとは思っていなかったので、しどろもどろに答えると、シェアトがにかりと笑った。

「見ての通り、オレたちは1週間の訓練漬けですよ！　実のところ、前から大腿四頭筋を鍛えたいと思っていたので、いい機会をいただきました」

「えっ、そうなの？　でも、シェアトはもうじゅうぶん立派な体をしているからほどほどにね」

よかった。しょんぼりしているのではないかと心配したけれど、元気なようだわ。

続けてファクトとミアプラキドスに顔を向けると、腕やお腹の筋肉が浮き上がるポーズを取られる。

「私は上腕三頭筋を鍛えたかったんです」

「オレは腹直筋です」

筋肉の名前は私の人生に全く関係のない情報だと思われたため、さらりと聞き流す。

「そうなのね」

話を聞き流したことで2人から悲しそうな顔をされたけれど、興味がないので諦めてほしい。

3人はさらに筋肉の話を続けたかったようだけれど、これっぽっちも関心がなかったため、私はおずおずと口を開くと、別の話題に切り替えた。

「ところで、他団の騎士とけんかをしたって聞いたのだけど……あの、もしもけんかをした騎士と仲なおりをしたくて、でも、あやまりづらいのだったら、私がついて行っていっしょにあやまるから」

私の言葉を聞いた3人は、思ってもみない言葉を聞いたとばかりに、ぽかんとした様子で目と口を大きく開いた。

ヘンテコな筋肉ポーズを取ったままだったので、ちょっとだけ間が抜けて見える。

「ふふっ、そんなポーズで目と口を開けたら、とってもおもしろくなるのね。そんなにおどろくようなことを、私は言ったのかしら？」

3人の様子を見ながら独り言を漏らすと、皆は我に返った様子で瞬きを繰り返す。

「あっ、ええ、はい、もちろんおかしなことを言われました！」

シェアトの言葉に続いて、ファクトとミアプラキドスも同意するような言葉を発する。

「恥ずかしながら、私たちは己の未熟さによって、騎士同士で乱闘騒ぎを起こしたのです。姫君はそんな私たちを叱りこそすれ、尻拭いをする必要はありません」

「はー、あまりに発想が違い過ぎて、一瞬何を言われたのかを理解できませんでしたよ！　姫君が立派過ぎる分だけ、自分たちの行動が恥ずかしくなりますので、それ以上は勘弁してください」

３人の言葉をまとめると、自分たちで仲直りができるということかしら？

「分かったわ。じゃあ、みんながもどってくるのをまっているわね！」

私はそう言うと、付いてきてくれたカノープスとともに出口に向かった。

けれど、ふと聞き忘れたことがあったことを思い出して振り返る。

「そうだわ、ほかの騎士たちに伝言はないかしら？」

護衛業務から外されたのは突然だったから、何か頼みたいことがあるかもしれないと思って尋ねると、シェアトが口を開いた。

「でしたら……」

「ミラク、シェアトから伝言をあずかってきたわ。『シフトが変更になって申し訳ない』ですって。ファクトとミアプラキドスも同じことを言っていたわ」

つい先ほど、訓練場で３人から頼まれた言葉をミラクに伝えると、私は小首を傾げた。

近衛騎士団には多くの騎士がいるのに、どうしてミラクにだけ謝罪するのかしら、と不思議に思ったからだ。

　すると、ミラクが苦笑しながら私の疑問に答えてくれる。

「お伝えいただきありがとうございます。ですが、彼らが自主的に伝言を頼んだのではなく、姫君が僕に伝えるべきことがないかを、あの3人に尋ねてくださったのですよね？　細かいことに気を遣うような連中ではありませんから。ええ、謝罪内容は非常に細かいことです。あの3人が護衛業務から外れたために姫君の護衛シフトが変更になり、僕が休暇を取り損なったというだけですから」

「ええっ、それは大変だわ！　なにか用事があったんじゃないの？」

　びっくりして聞き返すと、ミラクは何でもないと首を横に振った。

「僕の故郷は王都のすぐ隣にあるガレ村というところなんです。近いこともあって、毎月2回、村に戻るようにしているだけです」

「そうなの？　きゅうかはいつ取る予定だったのかしら？」

「今日ですが、取り急ぎの用事があったわけでもありませんし、既にキャンセルしたので問題ありません。僕としては故郷に戻るよりも、姫君の護衛に付ける日が1日増えたことの方が嬉しいですね」

　笑顔でさらりと答えられたけれど、本当にそうなのかしらと疑問が湧く。

　思わずカノープスを見ると、力強く頷かれた。

……しまった、確認する相手を間違えたわ。

どういうわけかカノープスは、私にものすごい価値があると考えているから、参考にならないのよね。

それに、突然のシフト変更だったのならば、村の人々にはミラクが帰郷をキャンセルしたことが伝わっていないだろうし、彼が戻らないことを心配しているはずだわ。

うーん、うーんと考えていると、突然、いいことを思いつく。

「あっ、ひらめいたわ！　今日はかていきょうしの先生がお休みで、何も予定がないから、その村にしさつに行くのはどう？　そして、ミラクがごえいとして付いてくるの」

嬉々としてアイディアを披露したけれど、ミラクから淡々と問題点を指摘される。

「姫君が訪問するとなると、王族を迎え入れるための準備が必要ですから、1か月ほどの事前準備期間が必要になります」

「えっ、そんなに？　う、うーん、じゃあ、王女としては行かないわ。しせいのことを知る目的で訪問するから、町娘にふんそうするわ。それならいいでしょう？」

「……そうですね。学習スケジュールに影響を及ぼさない限り、できるだけ姫君の希望は通すようにとの指示が入っていますので可能だとは思いますが、その視察は間違いなく僕のためですよね。姫君は僕の主ですから、僕のことを思いやる必要はありません」

「でも、ミラクはずっと西かいがんに行っていたから、村の人にしばらく会っていないでしょう？

だから、みんなはミラクに会いたいんじゃないかしら。それに、れんらくもなしに帰郷をキャンセルしたら、みんなが心配すると思うの。私もミラクの村を見てみたいし。ダメ？」

まっすぐ見上げながら尋ねると、ミラクは体を揺らして動揺した様子を見せた。

「それは、僕としては願ってもないことですが……姫君は優し過ぎますよ」

「行ってもいいってこと？」

じっと見つめながら質問すると、逆に問い返される。

「……僕のために姫君の貴重な一日を潰すことになりますが、本当にいいんですか？」

「ええ！　行ってみたいわ」

にっこりと笑顔で答えると、ミラクは顔の下半分を両手で押さえながらくぐもった声を出した。

心なしか顔が赤いように見える。

「……ぐふっ、姫君は僕をどうしたいんだ？　い、いえ、念のため、副総長におうかがいを立ててきますと申し上げました」

まあ、予定外で出掛ける場合はシリウスの許可がいるのね。

「ミラク、忙しいところにお仕事をふやしてごめんなさい」

「いえ、むしろ僕のために外出の予定を入れようとしてくれている姫君には感謝しかありません。それに、僕の忙しさなど、シリウス副総長のお忙しさの足元にも及びませんよ。僕たちが西海岸に行っていた間、ウェズン総長はほとんど書類仕事をしなかったらしいのですが、未処理の書類は全て副総長の執務机にそのまま移動したと聞きましたから」

「えっ、それは大変だわ！」

そんな会話を交わしたはずなのに、しばらくして戻ってきたミラクはなぜか、『ものすごく忙しい』はずのシリウスと一緒だった。

「セラフィーナ、身分を隠して外出するのならば、多くの騎士をお前に付けるわけにはいかない。戦力不足を補うためにオレが一緒に行こう」

「えっ！」

さらに、シリウスは当然の顔をして、私と今日一日の行動をともにすると宣言してきた。

シリウスが私服に着替えていたので、嫌な予感がしていたのだけれど、とんでもないことを言い出したわよ。

シリウスの後ろに控えている彼の護衛騎士が顔色を失っているので、シリウスの仕事は山積みで、彼の突発的な行動によって迷惑を被る人がたくさんいるのじゃないかしら。

「シリウスは忙しいんじゃないの？」

お仕事は大丈夫なのかしら、という意味を込めて尋ねると、シリウスは何でもないと肩をすくめた。

「オレが処理しているのは、20日もの間放置してあった業務だ。今さら1日延びたとしても、大きな変わりはあるまい」

そうなのかしら？

何かが間違っているような気もしたけれど、実際にウェズン総長のお仕事を引き受けているのはシリウスなので、それ以上は何も言えずに口を噤む。

そもそもシリウスはウェズン総長と何らかの駆け引きをしているはずだから、ルールが分からない私は口を出せないわよね。

以前、おとー様が『仕事を遅らせるのはさぼっているわけではなく、深い考えがあってのことなんだ』と、まなじりを吊り上げる大臣たちに説明していたことを思い出す。

あの時、おとー様は『これは私と大臣との間の高度な駆け引きなのだ』と、私にこっそり教えてくれたのだ。

だとしたら、この件についてはシリウスに任せた方がいいわね……と考えた途端、今度は別のことが気になり始める。

シリウスは私の護衛として同行すると言っていたけど、彼自身が高名なる騎士団副総長で、皆に顔を知られていることは問題ないのかしら、と心配になったのだ。

いくら私服姿とはいえ、そんなシリウスが一緒に付いてきて『お忍び』になるものかしら。

首を傾げて考える私の前で、シリウスとともにミラク、カノープスが護衛として同行することがあっさりと決まってしまう。

さらには、そこにセブンが加わることになった。

私の小さなお友達は好奇心旺盛なので、騒がしくしていた私たちに興味を引かれて寄ってきたのだ。

そして、外出の予定を聞き付けると、自分も行くと主張してきた。

とは言っても、セブンはいつも通り私以外には見えないように姿を隠していくとのことなので、子どもの精霊がいると大騒ぎされる心配はないだろう。

全員の準備が整ったところで、ガレ村に移動するため、私たちは馬車に乗り込んだのだった。

◇　◇　◇

馬車が動き出すと、ミラクが彼の故郷について説明してくれた。

「ガレ村は王都の隣にありますが、緑豊かな村でして、特産品は薬草になります。ありがたいことに評判は上々で、それらを買い求める行商人が頻繁に村に出入りしています。ただし、彼らは皆、顔なじみの者ばかりです。僕の村は村人同士の結束が強く、よそ者を嫌うんです」

「そうなのね」

だったら、私とシリウスとカノープスは、村の中に入れてもらえなかったりするのかしら。

心配になって尋ねると、ミラクは安心させるような表情を浮かべた。

「村の住人の知り合いであれば、たいていの者は受け入れますのでご安心ください。ですので、副総長は騎士団の上司でカノープスは同僚だと、そのままの関係を説明しようと思います。とはいえ、騎士団副総長というポジションはハイクラス過ぎますので、副団長ということにさせてもらってもよろしいでしょうか」

「問題ない」

シリウスが頷くと、ミラクは私に向き直った。

「問題はセラフィーナ様ですが……副総長のご親戚ということにしてもよろしいでしょうか。副総長をちょっといい家の出身と説明しておくと、僕たちがセラフィーナ様に敬語を使用しても不自然ではないと思いますので」

悪くないといった様子でシリウスが頷き、話がまとまりかけたため、私は慌てて言葉を差し挟む。

「そのことなのだけど、せっかくだから私は田舎ことばを使いたいわ」

「はい？　田舎言葉？」

聞きなれない言葉を聞いたとばかりに目をぱちくりするミラクに、私は大きく頷いた。

最近読んだ絵本に『田舎ねずみ』という仔ねずみが出てきたのだけれど、そのねずみが使う言葉が個性的で楽しそうだったため、使ってみたくなったのだ。

そもそも私はいつだって、おにー様方から田舎育ちと言われているし、実際に王都から離れた場所で育ったから、上手な田舎言葉が使えるように思われる。

「ほら、もしかしたら私からあふれ出る気品によって、王女であることがバレてしまうかもしれないでしょう？」

視察に行くと決めた時から気になっていた懸念事項を口にすると、シリウスからあっさり否定される。

「問題ない。その件については一切心配する必要はない」

「まあ、シリウスったら、私のえんぎ力を買ってくれているのね！　でも、気品というのはふとした時にかもし出されるらしいから、かくしようがないみたいなのよ」

シリウスは私に甘いわねと思いながらもう一度心配事を繰り返すと、今度はカノープスが否定してきた。

「いえ、セラフィーナ様ほどのレベルになると、簡単に気品を隠してしまわれると思います」

「まあ、カノープスったら、いつだって私に甘いんだから！　でも、私はこれまで気品をおさえるれんしゅうをしたことがないから、まちがいなくもれ出てしまうわよ。だから、『あの気品あふれる少女は王女だ！』とバレないために、王女が使わないはずの田舎ことばを使ってみるわね！」

「「「……………」」」

私の高い志に打たれたのか、３人は黙り込んでしまった。

それから、諦めたような表情を浮かべると、大きなため息をつく。

そんな３人を、なぜだかセブンがにやにやとしながら眺めていたのだった。

ミラクの故郷であるガレ村は、大部分が畑で構成されている緑豊かな場所だった。

物珍しさにきょろきょろと村の中を見回していると、こちらを警戒するように見つめている人々と目が合う。

「こんにちは！」

大きな声で挨拶をしてみたけれど、人々は遠巻きにしているだけで、返事もしなければ、近寄ってこようともしなかった。

けれど、大きな袋を抱えたミラクが「お土産を持ってきたよ！」と言うと、急いで寄ってくるのだから、お土産好きな人たちのようだ。

「ああー、しっぱいしたわ！　おみやげが好きだと分かっていれば、私だって色々と持ってきたのに!!」

後悔した声を出しても後の祭りで、皆はミラクを取り囲むと、嬉しそうに小さな紙袋を受け取っている。

一体何が入っているのかしら、と興味深げに見つめていると、ミラクは私にも一つくれた。

いい人だわ。と思いながら開けてみると、小袋に入っていたのは緑色の海藻だった。

「まあ、西かいがんのおみやげね！」

さすがミラク。旅先でも故郷の人たちを忘れることなく、お土産を買ってくるなんて優しいわ。

そのことについて同意を求めるように、ミラクから袋を受け取っている男性に笑いかけてみたけれど……慌てた様子で距離を取られた。

うーん、この村の人たちは本当によそ者がお嫌いのようだわ。


さて、ミラクを取り囲んでいた人々がいなくなると、彼は村の中を案内してくれた。

その際、さらりとお忍び時の偽名である『セラフィー』という名前で呼んでくれる。

まあ、ミラクは私の偽名を呼ぶ際、戸惑う様子がないどころか、余裕綽々《よゆうしゃくしゃく》な態度で笑みさえ浮かべているわよ。

彼はきっと、隠密活動や諜報活動が得意なタイプね。

今後、怪しいお願いごとをする時のために覚えておこう。

「セラフィー様、どうされました？　先ほどから、にまにまと笑いながら僕の顔ばかり見つめられていますが、何か付いていますか？　よければ、僕の顔よりも畑を見てください。ここでは薬草を栽培しているんです」

説明を受けて初めて、畑に植わっているのが野菜ではなく、薬草であることに気付いてびっくりする。

「えっ、薬草は森や林に自生するものだと思っていたけど、やさいみたいに畑で育てることができるのね！」

離宮に住んでいた頃は、薬草が必要になるたびにレントの森で採取していた。

そのため、薬草は森に摘みに行くもので、畑で育てるものという発想がなかったのだ。

「まあ、これはとってもいい考えね！　森で薬草をつむばあい、あっちこっちと長いきょりを歩いて、お目当ての薬草をさがさなきゃいけないけれど、畑でさいばいするのなら狭いはんいでたくさんの薬草を集めることができるもの。薬草を畑で育てることができるだなんて、これまで知らなかったわ！」

「セラフィー様のおっしゃる通り、畑で薬草を栽培することのメリットは非常に大きいのですが、これまでご存じなかったのも無理はありません。畑での薬草栽培は技術的に難しいため、このことに成功している地域は、この村を含めて国内に5か所しかありませんから」

「そうなのね」

ということは、このガレ村は薬草栽培のすごい技術を持っているのだわ。

感動して目をキラキラさせていると、ミラクが申し訳なさそうに眉を下げた。

「ご期待いただいているところ申し訳ないのですが、解決できていない問題点も残っています。栽培できる薬草の種類はその地域によって異なりますが、最も多くの種類を育てている村でも5種類しかありませんし、我が村に至っては4種類になります。そのうえ、効能の面から考えると、栽培した薬草は自生している薬草にどうしても及ばないのです」

「むずかしいのね」

難しい顔をしてそう返事をすると、背後で「ミラク！」と可愛らしい声が響いた。

何事かしらと振り返ると、私より少し大きな2人の子どもが走ってくるところだった。

その2人の少女は風のように早く走ってきたかと思うと、躊躇うことなくミラクに飛び付く。

「ミラク！」

「ミラク、おそいわ!!」

突然の出来事だというのに、ミラクは驚く様子もなく、普段通りの態度で腰回りにしがみ付いている少女たちに声を掛けた。

「ただいま、エニフ、ミザール」

それから、ミラクは2人の少女をそれぞれの腕に抱き上げると、私たちに向き直らせる。

「さあ、僕の同行者にご挨拶ができるかな。一緒に仕事をしている騎士たちと小さなお嬢様だよ」

「エニフ・クウォーク、10歳、独身！」

「ミザール・クウォーク、10歳、独身！」

2人の自己紹介を聞いたミラクは、苦笑しながら補足した。

「僕の双子の妹たちです。この村で両親とともに暮らしています」

その言葉に驚いて少女たちを見ると、確かに2人ともミラクと同じ薄桃色の髪をしていて、顔立ちもどことなく似ているように思われた。

まあ、ミラクには双子の妹がいたのね。

それに、2人ともまだ子どもなのに立派な自己紹介だわ、と感心した私は一歩前に進み出ると、両手で頬をぴっぴっと撫でる。

『田舎ねずみ』が出てくる絵本の中に、挨拶前のねずみが髭を撫で付けるシーンがあったので、再現してみたのだ。

「セラフィー、6さい、友達100人ら～（精霊・騎士ふくむ）」

「ひゃ、ひゃくにん?」

「そんだー、そんだー、ら～ら～」

「100人ってスゴっ!!」

「そんだー、そんだー、ずんだー、ら～ら～ら～」

褒められたことが嬉しくて、さらに王女の身分を隠すべく『田舎言葉』で返していると、シリウスが眉をひそめている姿が目に入った。

「……カノープス、あの言葉は何だ」

「はっ、姫君は最近『田舎ねずみの旅行シリーズ』という絵本がお気に入りでして、その絵本に出てくる『田舎ねずみ』のしゃべり方を真似しておられるようです」

「は?　あれがか?　田舎生まれで下町育ちのねずみの話であれば、オレも読み聞かせたことがあるから知っているが、あのようなしゃべり方ではなかったぞ」

「……姫君は少しばかりアレンジされているようです」

「アレンジの範囲を超えているだろう。先ほど言っていた『田舎言葉』のつもりかもしれないが、

「あれはもう『セラフィーナ面白言葉』になっているじゃないか」

『面白言葉』ですって？　まあ、それはきっと口にするだけで楽しくなる言葉に違いないわ。

「だーだー、らら〜ら〜、だだら〜ら〜」

楽しくなって繰り返していると、セブンが上機嫌でくるくると空中を踊り始める。

その姿を見て、私は自分の言葉の力に戦慄した。

まあすごい、私が発する言葉に精霊を踊らせる効果が追加されてしまったわ！

その瞬間――――私は『面白言葉』が完成したことを確信したのだった。

◇　◇　◇

その後、私は仲良くなったエニフとミザールと手をつなぐと、2人が言うところの「とっておきの畑」に向かった。

私たちの後ろには、シリウス、カノープス、ミラクの3人が続いている。

「だーだー、ふったごー、だらら〜ら〜」

「セラフィー」

「はっ、そうだったわ！」

シリウスのたしなめるような声を聞いて、彼との約束を思い出し、慌てて口を噤む。

そして、『面白言葉』で発した内容をもう一度、普段通りの口調で言い直した。

「ミラクの双子の妹はとってもいい人ね！」

というのも、私が作り上げた『セラフィーナ面白言葉』は、「面白過ぎるため、言葉の意味が全く頭に入ってこない」と言われて使用禁止になったのだ。

使用開始からわずか5分で使用禁止になってしまうほど面白い言葉を作り出してしまうなんて、と自分の才能が恐ろしくなる。

そのため、私は両手で握りこぶしを作ると、シリウスを振り仰いだ。

「シリウス、もしも私が立派な聖女になれなかったら、げんごがくしゃになるわね！」

才能は正しく使わないといけない、と考えながら宣言すると、シリウスから何かを決意したような目で見つめられる。

「……お前が満足いく聖女になれるよう、全力で助力しよう」

まあ、シリウスは私に言語学者よりも聖女になってほしいみたいだわ。

言語学者になると宣言したのは、どうしても立派な聖女になれなかった場合の話で、本心ではシリウスの立派な聖女になりたいと思っていたので嬉しくなる。

そのため、私は喜ばしい気持ちのまま、ミラクの双子の妹たちに笑みを向けた。

「うふふ、私がりっぱな聖女になれるよう、シリウスが手伝ってくれるんですって！」

けれど、私の浮かれた気分は伝播しなかったようで、双子は心配そうな表情を浮かべる。

「セラフィーは聖女になりたいの？」

「聖女になるためには、精霊と契約をしないといけないわ。そうしたら、体の中にある力が弱まっちゃうわよ」

「え？」

ミザールからよく分からないことを言われたため、思わず立ち止まる。

「精霊とけいやくをすると、体の中の力が弱まるの？」

どういうことかしら。

首を傾げていると、ミラクが言いにくそうに口を開いた。

「セラフィー様、その……この国では元々、光や風といった自然そのものが敬われてきました。その名残で、僕たちの村では自然と調和する暮らしを推奨しており、日常生活から回復魔法を排除しているんです」

「まあ、そうなのね」

初めて聞く話だったので、びっくりしてシリウスとカノープスを振り仰ぐ。

「この村の人たちは回復魔法をつかわないんですって！」

この驚きを共有したいと思ったけれど、2人ともに無表情のままで感情を示さなかったので、ミラクの話は物珍しいものではないのかもしれないという気持ちになる。

けれど、すぐに、この2人は驚いても表情に表さないうえ、ものすごく博識のため驚くべき事柄が人より少ないのだったわ、と基準にしてはいけないと思い直した。

「うう、同行者のせんていをまちがえたわ。この2人といっしょだと、私の出来が悪いのか、ふつうなのかが分からないわ。私に必要なのはシェアトやミアプラキドスだったのよ」

あの2人だったら世の中の標準を示してくれるのに、と思いながら恨めし気にシリウスとカノープスを見つめていると、ミラクが村の説明を補足してくれる声が聞こえた。

「この国において、精霊は身近な存在なので、女性の半分は精霊と契約して聖女になります。しかし、逆に言うと、残りの半分は精霊と契約しないんです。もちろん、本人に魔力がなかったり、あっても非常に少なかったりと、適性がない場合が多いのでしょうが、この村の女性は自らの意志で精霊と契約しません」

彼が教えてくれた内容はまたもや驚くべきことだったので、私は確認のために聞き返した。

「誰も精霊とけいやくしないの？」

ミラクは当然のことだとばかりに大きく頷く。

「ええ、そうです。僕らの両親や祖父母は怪我や病気をした時、回復魔法を使用することなく、時間をかけて治していきます。頼ることがあるとしても薬草のみです。『病気になるのは体が疲れているからだから、ゆっくりと寝て治すのが正しい方法だ』というのが年長者の意見で、ずっとそうやって対処してきたんです」

「回復魔法をつかわずに、ゆっくりとなおす……」

そんな生活もあるのねと感心していると、ミラクは説明を続けた。

「僕たちは小さい頃から、両親や祖父母を見て育ってきたので、回復魔法を使用しない暮らしを当然のものと考えてきました。ただし、僕のように村を出て騎士になった者は、何度も命の危険にさらされた経験を持つため、聖女の治癒魔法を受け入れています。しかし、村に残っている者たちは、昔からのやり方で薬草のみに頼る方法しか受け付けないんです」

そこでいったん言葉を切ると、ミラクは妹たちを見つめた。

「その考え方の一環で、この村の者たちは精霊と契約することは歪なことで、他の者の力に頼ると、本来自分の中に眠っている力が弱まってしまうと信じています。だからこそ、我が村生まれの女性は誰も、精霊と契約しないのです」

「そうなのね」

世の中には様々な暮らし方があるのだわ、と納得しながら頷いていると、セブンが寄ってきてつまらなそうに口を尖らせた。

《物を知らない頑固な考え方だよ。一度だって精霊と契約したならば、僕たちのすごさが分かるのに》

「もちろんそうね。セブンはとってもすごい精霊だわ！」

私の可愛らしい精霊に心から同意していると、ミラクが村の奥まった場所で足を止めた。

どうやら目的地に着いたようだ。

ミラクは私を振り返ると、悪戯っぽい表情を浮かべる。

「そんな僕たちのとっておきの薬草をお見せしますね」

ミラクの前には畑が広がっており、見回してみると、私の背丈ほどもある2種類の植物が植わっていた。

1種類は葉の色が青く、もう1種類は葉の色が赤い。

これらの植物も薬草なのかしらと考えていると、ミラクが再び説明を始めた。

「先ほど、薬草の栽培に成功している地域は国内に5か所しかないと言いましたが、それらのうち4か所は、僕たちの村と同じように回復魔法を排除した暮らしをしています。薬草に頼るしかないため、何とかして薬草の量を確保しようと努力し、栽培方法を確立してきたのです」

「それはよく分かるわ！『いたずらはいたずら心から始まる』って言葉を聞いたことがあるもの」

「……『必要は発明の母』ということですかね。さすがセラフィー様です、よくお勉強をされていますね」

この場に相応しい言葉を思いついたため披露すると、ミラクに褒められる。

「そのような経緯で、この村は新種の薬草の栽培に成功しました。回復魔法に頼らない僕たちが、どうにかして怪我や病気の苦難から逃れたいと考え、僕たちに必要な薬草を生み出したんです。ですから、この青い葉と赤い葉の薬草は、この村の人々にとって大事なものになります」

ミラクが誇らし気に畑を指し示したため、近付いて行って覗き込むと、確かに植えてある2種類の薬草は初めて目にするものだった。

◇　◇　◇

『薬草全鑑』に掲載されている薬草は全て覚えているつもりだったけれど、そんな私にとっても目の前に広がる薬草は、これまで目にしたことがないものだった。

セブンも畑の真ん中まで飛んで行って、薬草を手に取っていたけれど、『見たことないな』とばかりに頭を横に振っている。

まあ、ということは本当に新種の薬草なのだわ。

「すごいわね！　新しい薬草を生み出すなんて、この村の人々は本当にすごいわ!!」

興奮して大きな声を出すと、ミラクの双子の妹たちが嬉しそうに顔をほころばせる。

「そうでしょう、この葉っぱはとっても役に立つのよ。でもね、本当はもっとすごい薬草があったの！　金色の葉っぱの薬草なの!!」

「だけど、20年以上前に悪い人に盗まれちゃったの!!」

「えっ？」

もっとすごい薬草があったのに盗まれた？

驚いてミラクを見上げると、彼は残念そうな表情で妹たちの言葉を肯定する。

「妹たちの言う通りです。そもそもこの村が外向けに販売している薬草は1種類だけで、どこにでもある汎用性の高い薬草になります。一方、新種の薬草は村内でのみ使用していて、村外に出してはいないんです」

「それはあんまり量が取れないってこと？　だから、村の人たちで使用する分くらいしかしゅうかくできなくて、外にはんばいする分はないってことかしら？」

「その通りです。ですから、村の皆で大事に使用していたのですが……」

ミラクは言葉を途切れさせると、青と赤の葉を持つ薬草を見つめながら顔をしかめた。

「20年以上も前の話ですが、怪我をした若者をこの村で保護して、面倒を見たことがありました。若者はしばらくこの村で暮らしていたのですが、傷が癒えると、金の葉の薬草を根こそぎ盗んで出奔したのです」

「まあ、そんなことがあったのね！」

「ええ、当時のことを知っている者たちの話では、その盗人は気のいい若者だったということです。恐らく、欲に負けたのでしょうね。その事件以降、この村の者はよそ者が嫌いになり、受け入れなくなったんです」

「それはしかたがないことだわ」

というか、親切にされたのに、村の人にとって大事な薬草を盗んでいくなんて、その若者は悪い人だわ。

「うーん、そんなことがあったのなら、よそ者が嫌いになるのも分かるわよね。先ほど、村のみんなが私たちをとおまきにしていたのもなっとくだわ」

むしろ村からすぐに追い出されなかっただけでも、感謝しなければいけないのかもしれない……と考えながら畑を眺めていた私は、その一部にぽっかりと空いている部分を見つけて肩を落とす。

うっ、何事も見落とさない私は気付いてしまったわ。

もしかしたらあの場所には、金色の薬草が植えてあったのじゃないかしら。

けれど、盗まれてしまったから、あの場所が空いたままになっているのじゃないかしら。

気になった私は、土が見えている場所を指さしながらミラクに尋ねる。

「もしかしてみんなは金色の薬草が再びもどってくるのを待っていて、そのためにあの場所を空けているの？」

「その通りです」

あああ、私の悪い推測が当たってしまった。

「金色の薬草は村のみんなにとってすごく大事なものなのね。いつかもどってくるといいわね」

私はしょんぼりとしながら、畑に植わっている2種類の薬草に目を向けた。

青い葉と赤い葉の薬草は実物があるから、手に取ってみたら効能が分かるような気がするけれど、金の葉の薬草はもうないから分からないわよね。一体どんな効能があったのかしら？

そう考えていると、私の疑問を読み取ったミラクが、全ての薬草について説明してくれた。

「失礼しました。僕はまだ薬草の説明をしていませんでしたね。3種類の薬草には、この村の名前を冠した固有名が付けられています。葉の色を取って、それぞれ『ガレ青葉』『ガレ赤葉』『ガレ金葉』と呼ばれているんです」

なるほど。ガレ村のガレに、葉っぱの色を加えた名前が付けてあるのね。

「『ガレ青葉』は発熱を抑えて喉の痛みを和らげる効能があります。『ガレ赤葉』は怪我をした際の出血を抑えて、傷口を素早く塞ぐ効能があります。そして、『ガレ金葉』には予防効果があり、様々な病気にかかりにくくなります」

「まあ、どれも使用するばめんが多くて、とっても使い勝手がよさそうね。たくさんの効果があるようだけれど、たんたいの薬草がふくすうの効能をもっているの？」

まさかそんなことはないわよね、と思いながら尋ねると、ミラクはあっさりと肯定した。

「ええ、その通りです」

「えっ、そうなの？　そんな話ははじめてきいたわ！」

私はびっくりして、普段よりも大きな声を出す。

なぜならミラクが説明してくれた内容は、私の知っている常識と異なっていたからだ。

通常、1つの薬草は1つの効能しか持たない。

場合によっては、1つの効能を発揮するために、複数の薬草を組み合わせる必要があるというのに、この村の薬草は1つだけで複数の効果を発揮するという。

目を丸くして見上げると、ミラクはふわりと微笑んだ。

「薬草を薬にするためには、薬草に魔力を注がないといけません。村人たちは体に直接回復魔法をかけることは受け入れませんが、薬の製造段階で魔力を流すことは許容しています。ただし、それでもできるだけ少ない魔力で薬が作られることを望んでおり、そのために薬草数を減らすことを考えたんです」

ミラクの言う通り、複数の薬草を使用して1つの薬を作る場合、薬草同士の相性や組み合わせを考慮しないといけないため、単体の薬草で薬を作る時よりも多くの魔力を使用する。

そのため、薬草数を減らすことは使用する魔力量を減らすことにつながるのだ。

それに、聖女にとっても、1つの薬草に複数の効能を持たせて、製薬の際の魔力量を減らすことができるのならば、とってもありがたいことだろう。

「まあ、この薬草を作り出した人は天才だわ！」

すごいすごいと思いながら興奮した声を上げると、隣でシリウスが笑い声を漏らした。

「ははっ、セラフィーー、好きな物に対するお前の集中力には目を見張るものがあるな。この村まで来た甲斐があるというものだ」

えっ、私はそんなに集中していたかしら。……そうかもしれないわね。

「だって、ずかんにものっていない新種の薬草なのよ！　だれだってこうふんするんじゃないかしら」

「そうだな、誰だって興奮するだろうな。特にお前のように、その対象が前々から興味関心があったものであればな」

まあ、私は薬草に興味があると言ったことはないはずなのに、どうしてシリウスは知っているのかしら。

むむむ、シリウスの推理能力ね。

彼は私のことを何だって知っているつもりかもしれないけれど、全てを簡単に見抜かれるほど単純じゃあないわよ。

「たしかに薬草は私が好きなものだわ。だけど、私には他にもたくさん好きなものがあるからね。薬草はその中の一つというだけよ」

シリウスが知っているのは、私が好きな物全体から見ると、氷山の一角に過ぎないわ。

そんな気持ちで難しい顔を作っていると、シリウスが楽しそうな表情で言葉を続ける。

「では、お前の好きな物を当ててみせようか。聖女、回復魔法、薬草。こんなところか?」

むむむむむ、当てられてしまったわ。確かにどれも私が好きな物ね。

でも、残念ながら、大事なものが一つ抜けているわよ。

私は色々と複雑で、シリウスが知らないこともまだまだあるんだから！

「あー、ざんねん！　私が『大好き』なものがぬけているわ！　それじゃあ、私の好みをはあくしているとは言えないわね」

得意気に言い返すと、シリウスはおやと言った様子で片方の眉を上げた。

「他にも同じくらいお前が夢中になるものがあったか？　だとしたら、お前の言う通りオレの把握ミスだな」

そんなことはないだろうが、とばかりに余裕綽々で尋ねてくるシリウスに、私は思いっきり言い返す。

「とっても大事なものがぬけているわ！　私がいちばん好きなのはシリウスよ!!」

シリウスは驚いたように目を見開いたけれど、私の得意満面な表情を見て感じるものがあったのか、さっと横を向くと、片手で顔の上半分を押さえた。

どうやら自信満々な態度で大きなことを言ったにもかかわらず、私の好みを把握し切れていなかったことに恥ずかしさを覚えたようだ。

勝ったわ！　と思って胸を張ったけれど、シリウスが黙ったまま動かなくなったので、大丈夫かしらと心配になる。

「シリウス、だいじょうぶ？」

「……ちっとも大丈夫ではない。お前の言葉によって、オレは深いダメージを負った。頼むから、もう少しオレを労わってくれ」

「わ、分かったわ！」

シリウスの声は弱々しかったので、どうやら思った以上にダメージを受けているようだ。

シリウスは私のことを十分分かっているし、恥じる必要はないと教えてあげたら元気になるかしら。

「ええと、じっさいにシリウスは私の好きなものをほとんど当てていたから、そんなに恥じ入らなくてもいいと思うわ。ただ一つだけ、とっておきの大事なものがぬけていただけだから」

けれど、私の慰めの言葉を聞いてもシリウスは顔を上げなかった。

それどころか、まるで恥ずかしくて顔を見せられないとばかりに、近付いていった私の首元に顔を埋めてしまった。

私の視界の先では、ミラクとカノープスが同情の籠った目でシリウスを見つめている。

その2人はぼそぼそとシリウスの話を始めたけれど、さすが優秀な騎士だけあって、人前でシリウスのことを副団長と呼ぶ約束を律儀に守っていた。

「これは……副団長があああなるのも仕方がないな」

「ああ、防ぎようがない」

むむ、2人の言葉から判断するに、私が言い過ぎたのかしら？

そうだとしたら私がこの状況を改善しないといけないわねと考えていたところ、いいことを思いつく。

「そうだわ！　今後また同じようなまちがえをしないように、シリウスのどこが好きかを並べてあげるわね。まずシリウスはとっても優しいでしょ。いつだって私がねむる時に頭をなでてくれるから、私はとっても幸せなきもちになって」

「セ、ラ、フィ、ーナ！　……いや、つまり、セ、ラ、フィ、ー、なにを言っている……」

シリウスは反射的に声を上げた後、慌てた様子で言葉を付け加えた。

滅多にないことに、シリウスはお忍び中の私の本名を間違えて呼んでしまったようだ。

そして、誤魔化そうとして、さらに訳が分からないことを口にしてしまったようだ。

普段の落ち着いたシリウスらしからぬ態度にびっくりしていると、彼は両手で顔を覆い後悔した様子を見せた。

「セラフィー、頼むからもう黙ってくれ。お前がオレのために色々と心を砕いていることは理解しているが、お前が頑張れば頑張るほど、オレが受けるダメージは大きくなる一方だ」

そう言うと、シリウスは話題を変えるかのようにミラクに顔を向けた。

「ミラク」

「はい、副団長！」

シリウスの凛とした声を聞いたミラクは、背筋を伸ばすと短く返事をした。

その姿を見て、シリウスは少しだけ元気を取り戻したかのように落ち着いた声を出す。

「ガレシリーズの薬草だが、セラフィーが興味を示しているので、可能であれば持ち帰りたい」

「はい、承りました！」

シリウスの要望に対してミラクは了承の返事をしたけれど、シリウスはどういうわけか難しい表情を浮かべた。

「オレが持ち帰りたいのは根付きの薬草だ。持ち帰ったものは土に植え、セラフィーが様々なことを試すだろう。もちろん使用範囲は私的なもので、外に流通させることは一切ない。しかし、その恐れを排除できない以上、リスク管理の一環として、この新種の薬草を村外へ持ち出すことは禁止されているのではないか」

シリウスの言葉を聞いた私は、感心して大きく目を見開いた。

シリウスはすごいわね。

私が「ほしい」と口に出す前に、私の気持ちを読み取ってくれたこともそうだけれど、オリジナルの薬草の取り扱いについて深く考えている。

確かに根付きの薬草を持って帰ったら、増やして売られる心配があるわよね。

シリウスは誤魔化すことなく、きちんとその危険性を示したうえで、ミラクに「持ち帰りたい」との要望を伝えたのだ。

シリウスは誠実な騎士ね、と嬉しく思いながら成り行きを見守っていると、ミラクが口を開いた。

「通常であれば『その通りです』と答える場面ですが、多くの騎士がシリウス副団長の頼みごとに否と答えないように、僕もそうしません」

ミラクの答えはシリウスにとって意外なものだったようで、どういう意味だとばかりにシリウスが片方の眉を上げる。

ミラクはそんなシリウスを尊敬の眼差しで見つめた。

「副団長がこの国のために多くのことを成し遂げてきたのを間近で見てきました。そのため、僕を含めた騎士たちは、副団長のことを心の底から尊敬していますし感謝しています。そんな副団長から頼みごとをされることは非常に名誉なことですので、全力でご要望に応えたいと思うのは当然のことです」

「……だからと言って、お前が無理をする必要はない」

淡々と答えるシリウスに対して、ミラクは真摯な表情で口を開いた。

「副団長の大切な姫君の護衛をするのですから、近衛騎士の身上調査は念入りに行われているはずです。そのため、既にご存じのことでしょうが、僕の父はこの村の村長をしています。父が頷きさえすれば、薬草を村外に持ち出すことに何の問題もありません」

まあ、ミラクのおとー様はこの村の村長なのね。

薬草をほしいのは私だから、会わせてくれたら直接お願いするのだけれど。

「父は外出中ですので、王族から持ち出しの要望があったと、後日伝えておきます。加えて、シリウス副団長や姫君に対する僕の想いを丁寧に説明します。そうすれば、間違いなく父は、僕の決定に文句を言わないはずです。むしろ『王族が求めてくださるとは、我が村の薬草に箔が付いた！』と大喜びすると思います」

シリウスはミラクの真意を確認するかのようにじっと見つめたけれど、しばらくするとふっと笑みを浮かべた。

「そうか。お前の父親であれば、お前が一番取り扱いを心得ているのだろう。尽力に感謝する。では、ミラク、帰る時間までに『ガレ青葉』と『ガレ赤葉』を10株ずつ包んでおいてくれ」

どうやらシリウスは、ミラクが無茶をしていないと判断したようだ。

「代金は……」

シリウスはそこで初めて口ごもると、ズボンのポケットからいつぞやと同じように1枚のコインを取り出した――――高額過ぎて、ほとんどのお店で使うことができない白金貨を。

「……白金貨ですか」

相手がシリウスのため、ミラクも言葉を選んでいるようだけれど、それでも隠し切れないため息が零れる。

ものすごい量のお釣りを準備しなければいけない、といった困り切った表情だ。

そんなミラクを見て、シリウスが言葉を返す。

「オレが頼んだのはガレ薬草の葉のみではなく根付きの株だ。通常であれば不出の稀少な株だろうから、その価値を加味した金額を請求してくれ」

「……そうだとしても、白金貨の半分にもなりませんよ。大量のお釣りを……」

「ミラク、金額が不足しないのであれば取っておけ。今回のお前は多くの者に海藻を買ってきたようだが、あれは貴族が好む嗜好品だ。土産代だけでも馬鹿にならないはずだから足しにしろ」

ミラクは何か言いたそうな表情をしていたけれど、シリウスの表情を見て頭を下げた。

「ありがとうございます。……まさかそこまで把握されているとは」

お礼の言葉に続いて、何事かをぼそりと口の中で呟いたけれど、声が小さ過ぎて私には聞き取れなかった。

不思議そうに見つめる私に向かってミラクはにこりと微笑むと、彼の実家を案内すると話題を変えてきたのだった。

◇　◇　◇

その後すぐに、ミラクの提案通り彼の実家に通された。

父親が村長をやっているという彼の実家は、村の奥まった場所にあり、他の家よりも各段に立派だった。

応接室でゆったりしていると、ミラクの妹たちが彼にまとわりついてきて、様々に質問や苦情を述べ始める。

それらの内容は、次はいつ戻ってくるのという可愛らしいものから、お土産が足りないといった現実的なものまで多岐にわたり、ミラクは時にたじたじとなりながらも、根気よく全ての会話に付き合っていた。

一通り聞きたいことを尋ね終わった双子は、ふと思い出したように質問する。

「ねえ、ミラク、今日はルクバーは戻ってこないの？」

「ルクバー？」

聞いたことがない名前ねと首を傾げたけれど、カノープスははっきりと顔をしかめた。

「ルクバーもこの村の出身なのか？」

確認するかのように尋ねるカノープスに、ミラクは答えたくなさそうな様子ながらも頷く。

「ああ、そう親しい間柄ではないけどね」

「……そうか」

考えるかのように動作を停止したカノープスを見て、私はますます分からなくなる。

ルクバーって誰かしら？

そんな私の頭をくしゃりと撫でると、シリウスが疑問に答えてくれた。

「シェアト、ファクト、ミアプラキドスと揉めた第一騎士団の騎士の１人がルクバーだ。シェアトとミアプラキドスが近衛騎士団に異動する前から、ルクバーはあの２人と折り合いが悪いようだったな」

知らなかった事実を知らされ、私はびっくりしてミラクを見つめる。

「シェアトとミアプラキドスはルクバーに嫌われているの？」

「……そうだと思います。そして、その理由を端的に言うと、髪色が濃いからです」

「え？　髪の色??」

「ルクバーの髪色は薄いですからね。濃い髪色の者が羨ましくてしかたがないんですよ。彼の態度は見苦しいくらいの嫉妬なんです。僕やファクトに突っかからない理由も、僕らの髪色が薄いからです」

「そうなのね」

そう言われてみれば、シェアトは鮮やかな赤色と黄色の髪を、ミアプラキドスは深い紺色の髪をしている。

一方、ミラクは薄桃色の髪を、ファクトは薄紫色の髪をしている。

確かに髪色の濃淡に好悪の感情が影響を受けているみたいだけれど、髪色が濃い人が羨ましいなんて、珍しいところにこだわるのね。

不思議そうに小首を傾げた私を見て、ミラクが説明を補足する。

「盗まれた『ガレ金葉』には予防効果があり、様々な病気にかかりにくくなると申し上げましたが、摂り続けることで髪色が濃くなるんです。そのため、村の皆はいつの間にか、髪色が濃ければ濃いほど健康になると信じるようになりました」

ミラクの言葉を聞いた私はにこりとする。

「だったら、私はものすごいけんこうたいね！」

私の髪は濃い赤色をしているのだ。

ミラクの説明にのっとると、超健康体だろう。

そう考えて自信満々に胸を張ると、シリウスが真顔で頷いた。

「ああ、間違いなくお前は健康体だ。そして、驚くほどの体力の持ち主だ。お前の体力と悪戯が半分にならないものかと思案することが、オレの日課になっているくらいだからな」

はて、これは褒められているのかしら？

判断が付かずに首を傾げていると、カノープスとミラクがさっと目を逸らす。

むむ、２人の態度から判断するに、どうやら私はシリウスから貶《けな》されたようね、とじとりとした目でシリウスを見つめると、彼は邪気のない表情で微笑んだ。

ミラクが説明を続ける。

「『ガレ金葉』を摂り続けたことで髪色が濃くなった人については、髪色の濃さと薬草摂取量の間に比例関係があるのでしょうが、髪色の濃さと健康の間には何の比例関係もありません。僕に言わせるならば、しょせんおまじないの類です。しかし、村人たちが全力でおまじないを信じた結果、髪色が薄くなったことによって、体調不良になる人たちが続出しているんです」

「えっ、そんなことがあるのね！」

確かにシェアトやミアプラキドスが元気なのは、髪色が濃いからではないような気がする。

あの２人であれば、たとえ薄い髪色をしていたとしても、元気いっぱいなように思われるからだ。

そして、髪色が薄いミラクとファクトもとっても元気だ。

だから、髪色が原因で健康に差が出るとは思えないけれど、実際に髪色の薄さが原因で体調不良になる人が出ているのだとしたら、見逃せない事態よね。

そう考えていると、ミラクは先ほど皆に配っていたお土産の袋を取り出した。

紙袋の口を開くと、中から緑色の海藻を取り出す。

「この海藻は貴族用の高価なものではありますが、食べると髪が美しくなると評判なんです。そして、実際に食べてみると、多くの者の髪に艶が出て、色が濃くなりました。ここが恐ろしいところなのですが、村人たちがこの海藻を食べて、髪色が濃くなった途端に、思い込みで元気になったんです」

「えっ、そうなの？」

薬草を摂り続けたからではなく、髪色が濃くなる海藻を食べたから濃い髪色になったというのに、それだけでこの村の人々は元気になるのね。

「そうです。元々、『体がだるいような気がする—』『いつだって眠い』『寒気がする』といった、体感的な症状を訴えていた人々がいたのですが、髪色が濃くなることで、それらの症状がぴたりと治まりました。『病は気から』の典型的な例だと思います。しかし、海藻を食べるくらいで元気になるのであればと、戻ってくるたびにこの海藻を買ってくるようにしているんです」

「まあ、西かいがんに行ったから、その記念のおみやげだと思っていたけれど、そうではなくて常用的なおみやげだったのね」

西海岸のお店で同じ海藻を売っているのを見かけたから、てっきり海辺のお土産だと思い込んでいたけれど、勘違いだったようだ。

「そうですね、西海岸で購入するよりは高額になりますが、王都でもこれと同じ海藻を売っています。そのため、毎回、この海藻を皆へのお土産にしているんです」

「シリウスがこの海藻は高いと言っていたわ。それなのに、ミラクは毎回おみやげとしてたくさん買っているの？　お金はだいじょうぶなの？」

さすがに村人全員分というわけにはいかないだろうけれど、先ほど見た光景から推測するに、ミラクは大量の海藻を買ってきて、顔なじみの者に気安く配っているようだ。

だとしたら、お給金の大半をお土産代に費やしているんじゃないかしら。

「元々、お金のかかる趣味はありませんし、独り身ですので、問題はありません」

何でもないことのように肩をすくめながら話すミラクを見て、なかなかできることじゃないわとその優しさに感動する。

「ミラクは村のみんなが大好きなのね！」

思ったことを口にすると、ミラクは考えるかのように首を傾げた。

「……多くの者は成人してもそのまま村に残るのですが、僕は村外に出ているので、よけいに村のことが気になるのかもしれませんね」

私はにこりと笑みを浮かべる。

「この村はナーヴ王国に5か所しかない薬草さいばいの技術を持っているのよね。だから、薬草を育ててはんばいすることで、十分くらしていけるわよね。にもかかわらず、ミラクとルクバーが村外に出てきたのは、騎士になりたかったということ？」

「騎士になりたかったのは事実ですが、ここ20年というもの、失われた『ガレ金葉』を探すため、若い者は積極的に外に出されているんです」

そう言うと、ミラクは腰に佩《は》いている剣の柄頭部分を私に見せてくれた。

彼が柄頭部分をひねると、パカリとその一部が開いて、中から乾燥した植物が出てくる。

「これが『ガレ金葉』です。畑に植わっていた物は全て盗まれましたが、当時、収穫済のものが貯蔵庫に少し残っていたのです。枯れてしまって役には立ちませんが、村外に出ていく全員が、村を出る際に確認用として『ガレ金葉』の一部を持たされます。本物を見つけた時に、これと比較して真偽を見極めるためだそうです」

「まあ、それは貴重なものをもらったのね」

手に取って眺めてみたけれど、20年以上前に枯れたものだったため既に色あせていて、『金葉』であったかどうかは分からなかった。

「ガレシリーズは元々、1種類の薬草から始まっています。とある薬草を栽培していたところ、偶然にも、『ガレ青葉』『ガレ赤葉』『ガレ金葉』に分かれたのです。ですから、残った『ガレ青葉』と『ガレ赤葉』を栽培し続けていれば、いつか『ガレ金葉』が再び誕生するかもしれないと希望を持っているのですが、今のところ上手くいっていません。青葉は青葉のまま、赤葉は赤葉のままです」

　不思議なこともあるものね、と思いながらミラクに質問する。

「これらの薬草を作り出した当時のかきつけやメモは、のこっていないの？」

「皆で何度も確認しましたが、役に立ちそうなものはありませんでした。そのため、奇跡的な偶然によって、再び『ガレ金葉』が復活することを祈りつつ、盗まれた金葉がどこかで栽培されていて、いつかそれを取り戻せるのではないかと、２種類の希望を抱いているんです」

　ミラクの言葉を聞いた私は、両手をぎゅっと握り締めた。

「分かったわ！　薬草ならば私も少しはくわしいから、見つけるお手伝いをするわね」

　けれど、ミラクはぎょっとしたように目を見開く。

「とんでもないことです！　これは僕たちの村のライフワークのようなものですから、姫君はお気になさらずにお過ごしください」

「……分かったわ！」

『ガレ金葉』探索を止《や》めるつもりはなかったけれど、ミラクが譲らなそうな表情をしていたため、表面的に合わせることにする。

　けれど、発した声が元気過ぎたようで、ミラクはもちろん、シリウスとカノープスも全く信用していない表情で私を見つめてきた。

まあ、この善良な私が疑われているわよ！　と思ったけれど、その疑いは正しかったので、笑顔で3人を見上げる。

善良な私を疑っているというよりも、私のことがよく分かっていることの表れだわ、と考え方を変えることにしたのだ。

けれど、にこにこと笑顔でいる私を、私の立派な騎士たちは『仕方がないな』とばかりに呆れた表情で見下ろしてきたので、私はセブンにぎゅううっと抱き着いた。

ガレ村の人々のために『ガレ金葉』を探そうという私の崇高な考えを理解できるのは、セブンだけだわと考えながら。

果たしてセブンは、瞳をキラキラと輝かせながら私を見つめると口を開いた。

《フィー、持って帰った『ガレ青葉』に金色の塗料を塗ったら、ミラクは騙されるんじゃないの？》

ぎゃふん！

どうやら私の崇高な考えを理解できる者は、まだ誰もいないようだ。

セラフィーナ、『ガレ金葉』を探す

ガレ村から戻ってきた日の翌日、私はさっそく私のお庭に『ガレ青葉』と『ガレ赤葉』を植えた。

それから、それぞれの葉を1枚ずつ手に取って、じっくりと眺めてみる。

「うーん、やっぱりそうだわ」

葉っぱに魔力を流しながら独り言をつぶやいていると、セブンがふわふわと飛んできた。

《フィー、金の葉を探すよりも、この庭で地道に育てた方が早いんじゃないの？》

どうやらセブンも『ガレ金葉』の秘密に気付いたようだ。

「でも、そうしたら何か月もかかってしまうわ。自生しているのを見つけたら、いっしゅんよ！」

《フィーはそういう風に勝負に出ようとするところがあるよね。だけど、それがいい結果につながらないって、いつになったら気付くんだろう？》

「うふふ、私はけっして逃げたりしないわ！　人生がおわるまでしょうぶしつづけるわよ!!」

天に右手を突き上げながら宣言すると、セブンから呆れた様子で見つめられる。

《そんなカッコいい話じゃないよね》

私はまあまあとセブンをなだめると、ガレ青葉とガレ赤葉に魔力を流した。
「そうは言っても、ちゃんと保険はかけておくわよ。だから、安心してちょうだい」
《どうだか》
信用ならないとばかりに横目で見てくるセブンに、私はにっこりと笑いかけたのだった。

◇　◇　◇

シェアトとファクトとミアプラキドスが抜けた近衛騎士団だったけれど、代わりに何度もミラクが私の護衛に付いてくれた。

ミラクはとっても面倒見がよくて、シェアトたちが欠けた穴を埋めてくれるのだけれど、一つだけ問題があった。

私の『お手伝いをしたい』という崇高な気持ちを受け入れてくれないのだ。

「ミラク、この木剣を向こうまではこんであげるわね！」

騎士たちが忘れていった木剣が庭の木に立てかけられていたため、いそいそと持ち上げると、すぐに取り上げられる。

「ありがとうございます。ですが、ちょうど訓練場に用がありますので、僕が運びます」

すたすたと歩いて行ったミラクの後ろ姿を見て、ぷうと頬を膨らませる。

「ミラクったら、少しは手伝わせてくれてもいいのに」

むくれていると、一部始終を見ていたシリウスがおかしそうに茶々を入れた。

「ついこの間、お前が言うところの『お手伝い』で、調理用の肉にチョコレートがぶちまけられたことがあったからな。結果、騎士たちは世にも珍しいチョコレートまみれのステーキを食すことになった。学習能力がある者ならば当然の行動だ」

「シリウス！」

確かにそんなこともあったけれど、紳士ならば知らない振りをして黙っているべきじゃないかしら。

「ははは、冗談だ。それに、お前のおかげで、皆は普段の食事がいかに美味しいのかを再認識したからな。チョコレートステーキの晩餐にも意味はあったのだろう」

そのフォローは一体どうなのかしら。あまり救われた気がしないのだけれど。

複雑な思いで渋い表情をしていると、シリウスがぽんと私の頭の上に手を乗せた。

「ミラクは何事も自分でやりたがるタイプだ。相手がお前の場合、庇護したい気持ちが相まって、その傾向がより強くなるが、そもそも相手が誰であれ、任せることができずに自分で対応する」

そう言われれば、シェアトやミアプラキドスがミラクにお手伝いを申し出た時も、ミラクは断っていた。

あの2人はミラクの言葉を気にすることなく、文句を言われながらも手伝っていたから、皆でやっているイメージだったけれど、本来はミラクが1人でやりたかったのかもしれない。

そうなのねと納得したことで、私の気持ちが軟化したことを見て取ったシリウスは、ひょいっと肩を竦める。

「1人でできることは限られている。他人に任せることを覚えた時に、ミラクはもう一段成長するのだろうが……まだ少し先だろうな」

「だったら、その前に私がすくすくとせいちょうして、ミラクをおいこすわ！」

成長期の私がそう宣言すると、シリウスは無言のまま ちらりと横目で見てきた。

「……そうか。陰ながら応援しよう」

シリウスにしては珍しく、全く気持ちがこもっていない声だったため、じろりと睨み付ける。

すると、シリウスは両手を上げて害意がないことを示すと、取って付けたような言葉を口にした。

「どちらが先に成長するといった、勝負をする類のものではないからな。セラフィーナはセラフィーナで頑張ればいい」

まあ、誤魔化すための言葉かと思ったけれど、シリウスったらいいことを言うわね。

もちろん私は頑張るわ！


そんな会話をした日の翌日、当のミラクが茶髪の騎士と言い争っている場面に遭遇した。

一体どうしたのかしらと慌てて駆け寄っていくと、カノープスがミラクを諭しているところだった。

「どうしたの?」

カノープスとミラクを見比べながら尋ねると、2人ともに気まずそうな様子で口ごもる。

「あっ、私に言いにくいことかしら?」

それならば、あまりしつこく聞いてもいけないわね、と後ずさりすると、ミラクは慌てた様子で両手を上げた。

「セラフィーナ様、とんでもありません! もちろん姫君は何だって、僕にお尋ねいただくことができますよ」

ミラクが私に対応している間に、カノープスが茶髪の騎士に何事かを囁いている。

そんなカノープスの言葉は納得いくものだったようで、茶髪の騎士は了解した様子で頷くと、一礼して去っていった。

「ええと、彼は……サドルよね?」

去っていく騎士の後ろ姿を見ながら、誰にともなく問いかける。

すると、ミラクはその通りだと頷いた。

――近衛騎士の仕事は多岐にわたる。

そのため、騎士たちは役割分担をしているようで、私の警護に就く騎士、視察先の現場確認をする騎士、他団との調整をする騎士など、いつの間にか主な業務が分かれていた。

そして、サドルは現場確認をメインに行っているため、私とはほとんど顔を合わせたことがなかった。

カノープスはサドルを見送った後に、私たちのもとに戻ってくると、確認を取るかのようにミラクをちらりと見やる。

ミラクが了承した様子で頷くと、カノープスは私に対して頭を下げた。

「お見苦しいところをお見せしました。本日を含め、サドルが3回連続で遅刻をしたため、ミラクが彼を叱っておりました。しかし、これまで彼の勤務態度に問題はなく、前の所属でも評判がよかったため、何か理由があるのではないかと考え、サドルに遅刻の理由を尋ねようとしました。すると、その行為をミラクに止められ、今度は私とミラクが口論になっていたところです」

私はこてりと首を傾げてミラクを見る。

「ミラクはちこくの理由をサドルにたずねない方がいいと思っているの？」

ミラクはぐっと拳を握り締めると、硬い表情のまま口を開いた。

「ルールは守るためにあります。サドルの言い分を聞き、ルールに例外を作るのは簡単ですが、それは仕事に対して誠実とは言えません」

ミラクの言うことはごもっともではあったものの……世の中にはどうしようもないことが多々あるので、サドルがそのどうしようもない状況に陥っているのかもしれないと思われた。

ただ、「どうしようもない状況」というのは、人によって基準が異なるので、同じ理由を聞いても許容できる人と、許容できない人が出てくるだろう。

そして、一度例外を認めると、次々に新たな例外事例が現れて、収拾が付かなくなるかもしれない。

だからこそ、ミラクは確実な一線でもって区切っているのだろう。

サドルの状況がよく分からない以上、この場で私が言えることはないように思われたため、「そうなのね」と一言だけ答える。

それから、しばらく考えた後、「注意をするときに、あまり怖い顔をしない方が、私はうれしいわ」と付け加えておいた。

◇　◇　◇

その日の午後。

家庭教師のお勉強が終わった私は、カノープスとともに第四聖女騎士団を訪ねることにした。

聖女騎士団に所属しているのは、第一線で活躍する聖女たちだ。

聖女に関する情報が最も多く集まる場所なので、薬草についての情報も多く寄せられているのではないかと期待したのだ。

カノープスの情報では、聖女騎士団長であるアダラに尋ねるのが一番効率的で、この時間であれば騎士団長室にいるだろうとのことだった。

アドバイス通りに団長室を訪ねると、笑顔のアダラ団長が迎えてくれる。

「これはこれは、セラフィーナ殿下、お久しぶりです」

アダラ団長は前回会った時と変わらず、きっちりと襟元で切り揃えた赤い髪を輝かせながら立ち上がると、執務机を回って私の前まで歩いてきた。

「お仕事中にごめんなさい。ちょっとたずねたいことがあったの」

「どのようなことでしょうか。私に分かることでしたら、何なりとお答えしますよ」

アダラ団長に案内されてソファに座ると、団長はにこやかな表情で私を見つめてくる。

それから、団長は爽やかな笑みを浮かべると、頭を下げた。

「この度は、姫君専属の近衛騎士団が新設されたとうかがいました。誠におめでとうございます」

「ありがとう。この間、近衛騎士と西かいがんに行ったのだけど、その時にロドリゴネ大陸の魔物とたたかったの。近衛騎士たちはびっくりするほどつよかったわ」

「は？　ロドリゴネ大陸の魔物ですか？　それと……戦った？」

近衛騎士たちの強さを自慢したくて話を振ると、アダラ団長は珍しいことにぽかんと大きく口を開けた。

端正な顔が台無しだわ……と思ったけれど、実際にはそんなことなく、イケメン聖女はイケメンのままだった。

「ええ、『輪紋魔獅子』という種類で、30とう以上いたのに、ぜーんぶやっつけてしまったのよ！」

アダラ団長は信じられないといった表情でカノープスを見つめる。

すると、カノープスはアダラ団長の声にならない疑問を読み取ったようで、肯定の意味を込めて首を縦に振った後、意味あり気に私に視線を移した。

たったそれだけで、アダラ団長は何事かを理解したようで、今度は呆れた表情で私を見つめてきた。

「……そうですか、30頭以上ものロドリゴネ大陸の魔物を殲滅するほどの力を近衛騎士たちは与えられたのですか。それはまた、騎士たちは衝撃を受けたでしょうね」

「え？　騎士たちがつよかったという話よ」

「分かっております。騎士たちが強くなる力を与えられたという話ですね」

微妙に違うような気がするけれど、同じ話なのかしら。

カノープスが何も言わないので、きっとそうなのだろう。

「ええと、それでね、私は金色の葉っぱをした薬草を探しているの」

そう告げたところで、ソファの後ろに立っていたカノープスがガレ青葉を差し出してきたので、受け取ってアダラ団長に渡す。

「私が探している薬草のけいじょうはこれとおんなじで、色が青色ではなく金色をしているの」

「申し訳ありませんが、私は薬草にそれほど詳しくなくて……」

アダラ団長は途中で言い差すと、部屋の隅に控えていたミルファク副団長をちらりと見た。

副団長は素早く近寄ってくると、ガレ青葉を手に取り、まじまじと観察する。

「私は薬草学に興味がありまして、時間が許す限り薬草のことを調べています。推測ですが、これはガレ村で作り出された新品種ではないですか？」

「えっ！」

どうして分かったのかしら、と驚いてミルファク副団長を見上げると、副団長は何でもないことのようにつらつらと推測を述べた。

「図鑑に載っている薬草は全て覚えていますが、この薬草はそのどれにも当てはまりません。そして、あの村でオリジナルの薬草が作られたと噂で聞いたことがあります。村の掟では、村外に持ち出してはいけないことになっているようですが、以前、酔っぱらったルクバーという騎士からこれと同じ薬を数枚譲り受けたことがあります。そのルクバーはガレ村出身ですから、そこから推測しました」

ルクバーというのは、シェアトたちと喧嘩をした第一騎士団の騎士のことだ。

ミラクと同郷だと言っていたし、いつの間にか少しだけ薬草が村外に持ち出されていたようだ。

「ええ、その通りだわ。ミルファク副団長はすごいすいりのうりょくを持っているのね！　そのガレ村では金色の薬草も作り出したらしいのだけど、ぜんぶ村の外に持ち出されてしまったんですって。だから、金色の薬草を探したいのだけど、手がかりがなくて困っていたの。なにか知っているのなら、教えてもらえないかしら？」

期待を込めて尋ねると、ミルファク副団長は申し訳なさそうに眉を下げた。

「そうありたいと願ってはいるものの、私たちは世界中にある全ての薬草を探し出すことはできていません。未知の野生種を偶然発見する機会はありますが、金色の薬草については聞いたことがありません」

「そうなのね」

思わずがっかりした声を出すと、ミルファク副団長は迷う様子で口を開いた。

「ただ……『星降の森』の一角で、金色の植物を見たとの報告を受けたことがあります。フェンリルの巣が集まっている、近付くのが難しい危険な場所にあたるため、事実かどうかの確認は取れていませんが」

「そうなのね！」

弾んだ声を上げると、副団長は躊躇いがちに言葉を続けた。

「ご興味がおありでしたら、場所をしたためた地図を、後ほどお届けすることも可能ですが……」

どうやら尋ねられたことに答えたい気持ちはあるものの、危険な場所を教えていいものかと逡巡しているようだ。

「わあ、ぜひほしいわ！」

手を叩いて喜ぶと、ミルファク副団長は気を取り直したように頭を振った後、力強く頷いてくれた。

◇　◇　◇

それから数日後、私の護衛に復帰したシェアト、ファクト、ミアプラキドス、それからカノープスとミラクとともに、私は『星降の森』に足を踏み入れた。

訓練所で謹慎していた3人はこれ以上ないほど元気で、『人生で最高の筋肉を手に入れた』とご機嫌な様子だ。

「ミラク、オレたちが欠けていた間に、何度も姫君の護衛に付いてくれたらしいな！　面倒をかけて悪かった」

「ああ、迷惑をかけたが、おかげで助かった」

「今後はオレたちがお前の代わりを務めるから、バンバン休んでいいぞ!!」

朗らかな様子でミラクを労うと、3人は周りを警戒することなく、ざくざくと歩を進めていく。

その様子を見て、今日のメンバーは豪胆ね、と私は心強く思った。

なぜなら私たちは、これからどんどん森の深いところに入っていき、最終的にはフェンリルの巣が密集している場所に足を踏み入れる予定だったからだ。

緊張を覚えるのが普通の状態だろうに、全員が動揺した様子を一切見せることなく、普段通りの態度で歩いている。

そのこと自体がすごいことだと思われたため、私は最高の騎士たちと一緒なのだわと嬉しくなった。

――実のところ、私がこの探索に同行すること自体、皆から反対された。

フェンリルの巣が密集している場所は危険なので、『ガレ金葉』の確認と採取は騎士たちに任せてほしいと、全員から要望されたのだ。

けれど、新種の薬草がある場所には、他にも未知の薬草が植わっている可能性があるため、どうしても現場に行って確認したいとお願いしたところ、条件付きで許可が下りた。

つまり、危険を感じたら全員でその場を離脱することを約束させられたのだけど、それは当然のことだったので、私はこくりと素直に頷いた。

結果、晴れて騎士たちと『星降の森』を訪れることが許されたのだった。

――そんな私が、騎士たちとともに森の中を歩き続けること数時間。

汗びっしょりになったところで、お目当ての場所に到着したとカノープスが教えてくれた。

「や、やっとついたわ……」

ふらふらとしながら足を踏み入れたのは、周りを崖で囲まれた円形の場所だった。

視線を下げると、足元にはたくさんの植物が生えており、それらの葉が様々な色に色づいている。

一方、視線を上げると、私たちが立つ場所をぐるりと囲むように切り立った高い崖が立ちふさがっており、その壁には横穴がいくつも開いていた。

恐らく、あれらの穴がフェンリルの巣なのだろう。

フェンリルに気付かれないようにと、ゆっくりとその場所を見回していると、目の端できらりと何かが輝いた。

「あっ、向こうに金色っぽい何かが……」

遠目なのではっきりとは分からないけれど、大きな切り株の側に金色っぽい物が見えた気がして、心臓がどきりと跳ねる。

嬉しくなって足を踏み出したところ、突然、フェンリルの遠吠えが聞こえた。

「ひゃあ、なにごとかしら!?」

驚いて声がした方に目を向けると、5、6頭ほどのフェンリルが10人近い人々を取り囲んでいる光景が目に入った。

「えっ、あれは！」

目を凝らしてみると、人々の中心にいるのはとてもよく知っている者たちだった。

けれど、こんな場所で出会うとは夢にも思わなかったため、驚いて目を見張る。

さらに、驚きのあまり、分かり切っていることを声に出してしまった。

「お、おにー様!?」

――――私の視線のはるか先、フェンリルたちに取り囲まれて慌てた様子を見せているのは、騎士に護衛された私の兄である、ベガ、カペラ、リゲルの3人だった。

SIDE STORY

スペシャルランチとミラクの受難

　私室で刺繍の練習をしていると、護衛に付いてくれている騎士たちが、いつものように話を始めた。

「女子ってさあ、どうしてあんなにランチに金をかけられると思う？」

「知らん。女性のランチ事情は、オレの生活と最も遠いところにあるから分かるわけがない。お前だって知らないだろうに見栄を張るな」

「ところが、オレはこの件について情報を持っているぜ！　この間、スペシャルランチが美味いことで有名な『ハリオット』に用務で行ったんだよ。そしたら、女性客ばっかりだったのを見てしまったんだ。ああー、オレのランチは騎士団の食堂かワンコインだってのに、何でこんなに違うんだ！」

「お前の給金が全て酒代に消えるからだろう」

「違いない。……ちなみに、それらの客の中に聖女騎士団の聖女たちがいたぞ」

「えっ、マジで？　たまにはオレも一緒に連れて行ってくれないかなー」

手を動かしながら聞くともなしに聞いていたのだけれど、ふと気になる単語が耳に入ったため、思わず顔を上げる。

「聖女騎士団の聖女たち……」

それは私が聖女の技術を教えてほしいと考えているお相手だった。

――1か月前、私は聖女騎士団に見学に行った。

目的は聖女の立ち回りを学ばせてもらうことだったのだけれど、私がグリフォンに攫われるというトラブルが発生したため、目的を果たすことができなかった。

そのため、機会があれば、再び聖女騎士団に教わりに行きたいなと思っていたのだけれど、最近になって考えを改めたのだ。

なぜなら正面から教えてもらうことばかりが大事ではない、と気付いたからだ。

というか、シリウスが騎士たちに諭している言葉を盗み聞きして影響を受けた。

『相手に教えを乞うことだけが上達の道ではない！　時にはじっくりと相手を観察し、その技を盗むことも必要だ』

……カッコいい。

教えてもらうのではなく、相手の技を盗むというのが、すごくカッコいい。

もしも誰も気付かないうちに私が聖女たちの技術を盗んで、すごく強くなっていたら、シリウスはびっくりするだろう。

「ぷふふ、シリウスはびっくりし過ぎて後ろにひっくり返るかもしれないわ！」

想像しただけで楽しくなり、笑い声を上げていると、騎士たちから警戒するような目を向けられる。

「姫君、またもや良からぬことを考えているのですか？」

「シリウス副総長がひっくり返る前に、オレたちの全員が死にたい気持ちになると思うので、突飛な考えは捨ててください」

……何だか最近、私の信用度がどんどん落ちてきているような気がする。

そう不満に思ったけれど、立派な聖女はこのくらいのことは気にしないはずよと自分に言い聞かせ、皆を説得するために真面目な表情を作った。

「なんにも悪いことは考えていないわ！　みんなの話が聞こえてきたから、『ハリオット』でスペシャルランチをたべたいなと思っただけよ」

「えっ！　でしたら、同行した騎士は経費で、『ハリオット』のランチが食べられるってことですよね。オレが行きます！」

「いや、オレが行きます!!」

「いやいや、オレが行きます！！！」

勢いよく警護を申し出てくれた騎士たちを、私はじっと眺め回す。

「うーん、でも、そのお店のお客さんは女性ばかりなんでしょう？　だったら、男性といっしょに行ったら目立つんじゃないかしら。私はこっそり行きたいのよ」

そして、聖女騎士団の聖女たちの隣のテーブルに座って、話を盗み聞くのよ。

「え」

「でも、近衛騎士団には男しかいませんが」

意味が分からない様子で問いかけてくる騎士たちに、私は得意気に答える。

「そうね。だから、女子に見えるようなふんそうをしてちょうだい！」

「ああー、そう来ましたか！　確かに女性ばかりがいるレストランに男性が入店したら、何事かと注目を集めそうではありますが……解決方法が女装というのは斬新過ぎませんか」

「イケるな！　オレは筋トレで胸筋が発達しているから、案外上手く化けられそうな気がするぞ!!」

「お前、女装は絶対にそんな簡単な話じゃないぞ！　だが、何事もやってみないことには始まらないからな。よし、女官長のところに行って、オレたちが着られそうな服を借りてくるぞ!!」

そう言って意気揚々と準備を始めた騎士たちだったけれど……

「いやー、シェアト、さすがにそれはないわー。オレはもう女性であれば誰だって、どこかいいところを見つけてお付き合いしたいと思っているが、そんなオレでもお前みたいな女性が目の前に現れたら断るわ。お前は女顔だと思っていたが、全然そんなことなかったな。どっからどう見ても、女装した男だわ!!」

「ミアプラキドス、お前はもう女装した男でもないわ！　ぜんっぜんサイズが合ってないし、変な服を着た男だわ!!」

……結論から言うと、騎士たちは身長が高過ぎたし、筋肉質過ぎたようだ。

そのせいで、足首まで隠れるはずの服が膝を出す形になっているし、筋肉質の足もしっかり見えている。

それから、どの服を着ても彼らには小さいため、ぴったりと体に張り付いて、ごつごつとした筋肉が浮き出ていた。

この計画は失敗ね、とため息をついた私とは対照的に、騎士たちはまだ諦めていなかったようで、目を輝かせながら期待に満ちた声を出す。

「よし、オレたちの最後の砦の登場だ！」

「ああ、今度こそ本命だぞ!!」

まあ、まだチャレンジする気なのね、と感心してドレッサールームの入り口を眺めていると、扉が開いて1人の人物が姿を現した。

「えっ、ミラク？　なのか?」

「いや、まさか……。嘘だろ、本当にミラクなのか!?」

ドレッサールームから出てきた人物を見て、全員が目を見張る。

なぜなら可愛らしい帽子を被って、ふわふわのピンクのドレスを着たミラクは、どこからどう見ても女の子だったからだ。

「か、かわいい!!」

思わず声に出すと、騎士たちの全員が大きく頷いた。

「ミラク、お前は絶対に性別を間違えて生まれてきたぞ！　女子に生まれていたら、世界を摑めたのに!!」

「うっ、というか、ミラクが女子だったら、オレが全力で貢ぐ未来が見えるな。ミラク、お前に姉か妹はいないのか？」

次々に軽口を叩く騎士たちを、ミラクが蔑むような目で見つめる。

普段であれば、そのような視線を向けられたらすぐにミラクに謝罪する騎士たちなのに、今日ばかりは興奮した様子で軽口を叩き続けていた。

「ぐはー、その軽蔑の眼差し、いいわー！　あっ、背中がぞくりとしたぞ。やばい、オレは新たな扉を開きかけているかもしれない」

「完全にお前の意見に同意するぞ。どういうわけかミラクに蔑む視線を向けられると、もっと叱られたい気持ちになるからな。おい、ミラク、軽蔑した声でオレの名前を呼んでみてくれ」

騎士たちの言っていることは難しくてよく分からなかったけれど、楽しそうな雰囲気は伝わってきたため、興味津々で見つめていると、どういうわけか侍女に部屋から連れ出されてしまう。

「セラフィーナ様、騎士たちの言動は情操教育上好ましくありませんので、テラスにお菓子を食べに行きましょうね」

「えっ、そうなの？」

せっかく皆が面白そうな話をしていたのに。

というか、私を守るべき騎士から離されてしまったわと思ったけれど、何歩も歩かないうちに、慌てた様子の騎士たちが後を付いてきた。もちろん女装したミラクも。

そして、テラスに着くまでに数人の男性とすれ違ったけれど、彼らの全員が頬を染めながらミラクをちらちらと見ていた。

そのため、ミラクが次々に男性を魅了する姿を見た私は、これだけ完璧な女装ができるのならば、レストランの同行者はミラクだわと、心の中で決定を下したのだった。

◇　◇　◇

そんなこんなの出来事の後、満を持して訪れたレストラン『ハリオット』において、私は胸を高鳴らせていた。

ちなみに、ミラクと私はちょっと裕福そうな平民の母娘に変装していたのだけれど、完璧なできあがりだったようで、店員からにこやかに出迎えられる。

開かれた大扉をくぐると、私は素早くレストラン内を見回した。

すると、窓際の席で聖女騎士団の聖女3人が食事をしている姿が目に入った。

よかったわ、運よく聖女たちは今日もお昼を食べに来ていたようね、と安心しながら彼女たちの隣のテーブルを指差す。

「あの席で食べたいわ」

すると、やはり聖女たちに気付いた様子のミラクが、一瞬顔をしかめた。

恐らく、同じ騎士団に所属する聖女たちに近付きたくなかったのだろう。

けれど、ミラクはすぐに自分の感情を抑え込むと、表情を改めて普段通りの様子で頷いた。

「分かりました。頼んでみます」

うふふ、あの3人は見たことがないし、私たちは変装しているから、聖女たちはまさか私が王女だとは思わないはずよ。

そうにまりとしながら席に着くと、私はさっそく盗み聞きを開始したのだけれど……何と私の期待通り、聖女たちは戦闘時の立ち回りについて話を始めた。

「ところで、シリウス副総長をどう思う？　最近、万年氷が少しだけ解けて、千年氷くらいになってきたと思わない？」

「ないない。せいぜい9千年氷くらいでしょう。相変わらず、私たち聖女に対する要求が高過ぎるわよ。『あと二歩踏み出せ』って簡単に言うけど、そうしたら魔物の攻撃を食らうっつうの！」

「あー、戦闘に関しては妥協しないわよね。でも、他人の意見を求めるようになったじゃない。以前はこっちが考えていることなんて気にもしていなかったけど、最近は尋ねてくれるだけ、柔らかくなったんじゃないかしら」

けれど、よくよく聞いてみると、聖女の立ち回りに関するものというよりは、シリウスに関するもののように思われたため、驚いてジュースを持つ手が止まる。

そのまま耳を澄ましていると、聖女たちは声を潜めて、私のことを話題にし始めた。

「それなんだけど、第二王女殿下の影響らしいわよ。ほら、殿下って離宮暮らしをされていて、副総長が迎えに行ったじゃない？　ここだけの話、あの時に副総長は殿下に公開プロポーズをしたらしいのよ。そんで、ＯＫが出たから、そのまま王都に連れてきたみたいよ」

「ひゃー、王女殿下って6歳だったよね！　この前、うちに見学に来たらしいけど、年齢相応に小さかったらしいわよ。19歳と6歳か……まあ、政略結婚ならそんなものかな。でも、そっかー、副総長が少しだけ優しくなったのが殿下の影響って……はあ、私たちって6歳児に助けられているのね」

「ちっ、ちが……」

シリウスが色々と誤解されていると思った私は、否定しようと席を立ちかけたけれど、ミラクに止められる。

「セラフィー様、温かいスープが冷めてしまいますよ。それに、噂話なんてものは、話をしている本人たちですら半分くらいしか信じていないので、真剣に聞くものではありません」

「で、でも……」

あわあわと言い返している間に、聖女たちの話題は別のものに移っていった。

そのため、今度こそ聖女としての立ち回りについてかしら、と期待していると……

「そう言えば、ミアプラキドスっているじゃない。元第一騎士団所属で、今回、新しくできた近衛騎士団に異動した紺色の髪の騎士。ほら、いつだって『嫁、嫁』と言っている強面の騎士よ。彼ってさー、スペックは高いのに、全然彼女ができないじゃない。その理由が分かったわよ」

「え、理想が高いとか、そういうのでしょ？」

「違う、違う。実はね、『嫁が欲しい』とか言っている言動自体がフェイクなんだって！　で、本命は同じ近衛騎士団のシェアトらしいわよ」

「あー、それ、私も聞いたことある！　元々、２人とも第六騎士団に所属していたのに、シェアトが第一騎士団に異動したから、ミアプラキドスも追いかけてきたって話だよね。さらに、今回は２人揃って近衛騎士団に異動したんだから出来過ぎよね！　ミアプラキドスが裏で工作したんじゃないかな。でも、そうかー、『嫁が欲しい』はポーズで、本命はシェアトかー。シェアトは女顔だもんね」

いいえ、つい最近、シェアトは女顔じゃないことが判明したのよね。

とそう思ったため、説明するために口を開こうとすると、またしてもミラクに止められる。

「セラフィー様、ほら、スペシャルランチのスペシャルミートがきましたよ。『ほっぺが落ちるお肉』と評判の逸品ですから、熱いうちにお召し上がりください。それから、そのような噂がなくても、どうせミアプラキドスはモテませんから、放置で大丈夫です」

「で、でも」

「僕としては、そんな噂が立っているから併せてシェアトもモテないのかと、彼に彼女がいない理由が分かってすっきりしました。そもそも噂話ってのは真偽を確かめるものではなく、聞いて楽しむものですよ」

そうなのかしら、と思いながらフォークに刺したお肉を口に運んでいると、聖女たちが新たな話題について意見を交わし始めた。

そのため、今度の今度こそ、聖女としての立ち回りについての話だと期待したところ……

「ふーん、でも、私はミアプラキドスとシェアトに彼女がいない理由は別だって聞いたなー」

「えっ、他に何かあるの？」

「あるみたいよ。ほら、近衛騎士団にピンク髪のミラクって美少年がいたじゃない。実は彼の趣味、女装らしいのよね」

「「ええー、ホントにー!?」」

ミラクの話題になった途端、目の前で彼がぴたりと動きを止めたので、心配になってちらりと見上げる。

けれど、そんな私たちに構うことなく、隣のテーブルからは興奮した様子の聖女の声が響いた。

「本当よ！　この間なんて、ビラビラのドレスを着て、得意気に王城の中を歩いていたらしいわよ。それで、近衛騎士団の騎士たちが、デレデレした様子でミラク姫を取り囲んでいたんだって」

「『ええー、そうなんだ』」

「そうよー。それで、ミラク姫は男性陣からちやほやされるのが好きなタイプらしくって、近衛騎士の全員を取り巻きにしているらしいわ。だからこそ、あそこはハイスペ揃いなのに、誰一人彼女がいないんだってもっぱらの噂よ」

「あー、なるほどね」

「どうして全員フリーなのか不思議に思っていたけど、納得したわ」

ぎこぎこぎこぎこことミラクがお肉を小さく切り刻み始めたので、私はびっくりして声を掛ける。

「ミ、ミラク、そんなに小さく切ったら、お肉の原形がなくなってしまうわよ。ええと、ほら、うわさ話ってのは聞いて楽しむものなんでしょう?」

「これは明らかに名誉棄損です！　訴えたら、僕が勝ちます!!」

「う、うん、でも、今日はお忍びだから、目立つこういはやめましょうね。それに、そんなにかわいらしい姿を聖女たちに見せたら、あなたは女装好きだというわさのしんぴょうせいを高めるんじゃないかしら」

ミラクはぎぎぎと奥歯を噛みしめたけれど、それ以上反論してこなかったので、我慢することに

したようだ。

その間に、聖女たちは食事が終わったようでレストランを出ていった――結局、聖女の立ち回りについてはそれ以上触れることなく。

「……私は何をしに『ハリオット』に来たのかしら？」

ぽつりと零すと、ミラクから当然のこととして返される。

「もちろん、スペシャルランチを食べるためですよ。そうご自分で口にされていたじゃないですか」

「そ、そうだったわね」

仕方がない。もうランチを食べに来たことにしよう。

そう自分に言い聞かせながら、ミラクとともに食べたランチは、美味しいのか美味しくないのか今イチよく分からなかった。

『聖女の立ち回りについて、盗み聞きすることができなかったわ』というがっかりした気持ちとともに、新たに得たシリウス、ミアプラキドス、シェアト、ミラクについての多過ぎる情報が頭の中をぐるぐると回っていたため、味にまで気が回らなかったのだ。

私は気分を変えるために頭を振ると、ミラクを見上げる。

「ミラク、今度は騎士のかっこうをして、もう一度このお店にいっしょに来てちょうだい。その時は、ミアプラキドスやシェアトたちもさそいましょうね」

次は他人の話を一切盗み聞きせず、このお店の料理を美味しく食べたいわ、と思いながら提案すると、ミラクは素直に同意した。

「そうですね、やっぱり正々堂々としているのが一番ですね」

それから、2人でとても疲れた気持ちになったため、私たちは顔を見合わせると、ふうとため息をついたのだった。

◇　◇　◇

お城に戻ると、待ち構えていた騎士たちに、『ハリオット』のランチについて質問された。

「うーんと、これまで食べたこともないほどおいしかったような、味がよく分からなかったような」

思ったことを正直に話すと、騎士たちから首を傾げられる。

どうやら私の答えは要領を得なかったようで、騎士たちはミラクにも同じ質問をしていた。

「そうだな、肉は小さく切り過ぎるものではないと思ったよ。食べるのが大変だから」

けれど、彼の答えは私以上によく分からないものだったようで、騎士たちは顔をしかめていた。

そのため、私は騎士たちが理解できるように、言葉を変えて説明する。

「つまり、女性客しかいないレストランは恐ろしいということよ。食事をしただけで、せいもこんも尽き果ててしまったわ」

騎士たちは普段と異なるミラクや私の態度に思うところがあったのか、大きな体をぶるりと震わせた。

「……そうなのか？　だとしたら、女性客だけのレストランには、『男子は来るな！』という警告の意味があるんだな！」

「オレたちには騎士団の食堂がある！　だから、『ハリオット』がなくても平気だ!!」

「やっぱり、女性しかいないレストランは女性のためのものなんだよ!!」

そう納得していた騎士たちだったけれど――――1か月後、同店での食事に誘った際には、ちゃんと騎士服を着用して付いてきてくれた。

すると、予想通り男性客というだけで注目を集めたようで、レストランにいた女性客はちらちらと騎士たちに視線をやりながら、聞こえないような、でもしっかり聞こえる音量で何事かを話し始める。

彼女たちの話す内容が気にはなったものの、今回の私は『一切の噂話に耳を傾けないわ！』と決意していたので、食事にだけ集中することにする。

「うーん、とってもおいしいわね！」

その言葉通り、評判のレストランだけあって、本当にどの料理も美味しかった。

満足した私とは対照的に、初めて『女性客が多いレストラン』の洗礼を受けた騎士たちは、彼女たちの話をたくさん聞いてしまったようで、ずーんと重い雰囲気をまとわせていた。

恐らく、聞きたくもない噂話を大量に聞かされたのだろう。

「ええと、うわさ話ってのは聞いて楽しむものらしいわよ」

慰めるようにそう口にすると、騎士たちは首を横に振った。

「そんな可愛らしいものではありません！　これは明らかに名誉棄損です!!」

その答えが、いつぞやのミラクの答えと似ていたため、まあ、騎士たちは同じような考えを持つのだわとおかしくなる。

そんな気持ちのまま、私はにこりと微笑んだ。

「もしかしたらさいこうの食事を食べられる場所は、人によって異なるのかもしれないわね。きっと、みんなの場所は騎士団せんようのしょくどうなのよ」

「「「理解しました！！！」」」

その後、私たちは皆で王城に戻ったのだけれど、騎士たちは「ぜんっぜん食べた気がしない」と言いながら、もう一度、食堂に食事をしに行った。

「騎士団の食堂が世界で一番美味いな！」

「ああ、こんな美味くて量が多い店は他にない!!」

「周りにいるのは騎士ばかりだから、聞きたくない話なんて一切聞こえてこないしな!!」

その際、珍しく全員で料理を褒めたため、食堂の料理人たちが感激したらしい。

そのおかげか、翌週はずっと、これまでになく豪華な食事を料理人たちが提供してくれたようで、騎士たちはそれらの料理に胃袋を摑まれたみたいだ。

「オレは王都のチャラいレストランには、金輪際足を踏み入れない！　一生涯、騎士団の食堂で食事をするぞ！」

「オレもだ!!」

そのため、それ以降の騎士たちの食堂使用率が、各段に上がったのだとか……そして、当然のように、そのメンバーにはミラクも含まれていた。

【挿話】騎士たちは命懸けで「イケメン公爵」の本を読み聞かせる

これは、セラフィーナがカノープスに欲しい物を尋ねられた時の話だ。

来週に迫った「子どもの日」の贈り物として、近衛騎士団の騎士たちでお金を出し合って、セラフィーナが望む物を贈ろうということで話がまとまったため、護衛騎士であるカノープスが情報収集役を承ったのだ。

セラフィーナはきらきらと目を輝かせると即答する。

「ご本がほしいの！」

「本ですか？」

セラフィーナ様がわざわざ要望されるということは、入手困難なものなのだろうか、とカノープスは眉根を寄せた。

「ええ、そう！　ベストセラーになっているから、どの本屋でも売り切れているみたいで」

「行きつけの本屋があるので、頼めば大丈夫かと思います」

助かった。希少性がある本や、外国製の本であれば入手が難しいだろうが、国内での流通が盛んなベストセラーの本であれば簡単に手に入るだろう。

そう胸を撫でおろしたカノープスに、セラフィーナが無邪気な笑顔を見せる。

「よかったわ。『イケメン筆頭公爵様の優雅な一日』が読みたいの！」

「…………」

油断していたところに、まさかの騎士団一入手が困難な本のタイトルを口にされて、カノープスは言葉に詰まった。

彼が助けを求めるように開いた扉の外に視線を向けると、ずらりと並んでいた近衛騎士団の騎士たちはぶんぶんと首を大きく横に振る。

（無理だ、カノープス！　あれは騎士団内の禁書になった！　ついこの間、シリウス副総長にあの本が没収されたことを、お前も知っているだろう!!）

（しかも、あの本を読んだ副総長は、控えめに言ってもご機嫌斜めだった！　その本を副総長の掌中の珠である姫君に見せてみろ！　希望的観測でもって想像しても、ご機嫌が降下する未来しか見えねぇよ）

ぶんぶんぶんぶんと、考えれば考えるほどに騎士たちは大きく首を横に振る。

しかし――――カノープスはセラフィーナに対峙する前、騎士たちから全権を委任されていたのだ。

『カノープス、姫君が本当に欲しいものを聞いてこい！　少々高かろうが、入手が困難だろうが、全員で何とかする！　だから、お前は何としてでも姫君の欲しい物を探り出し、絶対に入手すると約束してこい!!』

あの依頼は撤回されていないな、と真っ青な顔で首を横に振り続ける騎士たちを見ながら判断したカノープスは――――結局のところ、セラフィーナの望みを何だって叶えたいと思うほどに、彼女に甘い護衛騎士なのだ――――セラフィーナに向かって大きく頷いた。

「承りました」

その瞬間、扉の外でばたばたと人が倒れる音と、苦悶の声が響いたが、覗き見をしている騎士たちにできることは何もなかった。

◇　◇　◇

「マジか、マジか、マジか!!　カノープス、お前は一番常識がある騎士だと思っていたが、類を見ないほどの常識なしじゃないか!!　騎士団の生殺与奪の権は全てシリウス副総長が握っているんだぞ!!　その副総長と真っ向勝負するって、ありえねぇだろう!?」

「副総長が絶対零度の声で、オレらから『イケメン公爵』の本を没収したのは、ついこの間の話じゃねぇか!!　禁書だ!　この騎士団内であの本は禁書になっているんだぞ!!」

正気を失った様子で、やいやいと騒ぎ立てる騎士たちを前に、カノープスは冷静に返した。

「そうか、私はお前たちのオーダー通りに動いたつもりだったが、どこかでオーダーが変更されていたのか」

「うっ、まあ、変更されたというか……その、元々のオーダーよりも命が大事だ、という話だ」

オーダーが変更された事実はないため、歯切れ悪く言い返すミアプラキドスに、カノープスは皆が知っている事実を改めて述べる。

「セラフィーナ様は喜ばれていたぞ」

その一言で、全員が黙り込んだ。

なぜなら当然命は惜しいが、セラフィーナも喜ばせたいと、騎士たち全員が考えていることは確かだったからだ。

「よし、分かった！　あれだけ喜ばれているセラフィーナ様の顔を曇らせるわけにはいかないから、やるぞ!!」

「ああ、オレはここで命を懸ける!!」

「主のために命を懸けるのだから、騎士としての本懐だ!!」

何やらカッコいい話にすり替わっているが、結局のところは、本を1冊買ってくるだけの話であった。

そうは言っても、シリウスの恐ろしさを常日頃から知っているため、騎士たちが死地に赴くような気持ちで本屋を訪れたのは間違いなかった。

そうして、騎士たち全員で入手した本をセラフィーナに手渡したのだが……彼女はぱっと顔を輝かせると、嬉しそうに両手で本を抱きしめた。

「ありがとう、みんな!! 私はすっごくこの本が読みたかったの!! シリウスがずっと手に入れられなかった本を見つけてくるなんてすごいのね!!」

「…………」

「…………」

「…………」

ああ、やっぱりシリウス副総長はセラフィーナ様のお願いを退けてまで、この本を読ませないようにしていたのか、と騎士たちの顔が引きつる。

「……喜んでもらえてよかったです」

そんな中、何とか返事をしたシェアトが、やはり引きつった顔で言葉を続けた。

「姫君……その、シリウス副総長が入手できなかった本をオレらが見つけたとなると、副総長のプライドを傷付けてしまうかもしれません。そのため、よかったらその本は、副総長の目の届かない場所に仕舞っておいてもらえますか」

シェアトにしては上手い誤魔化しの言葉に、すかさずミアプラキドスが補足する。

「それから、副総長がいるところで読まないことも大切です!」

2人の言葉を聞いたセラフィーナは感心した表情を浮かべた。

「さすがだわ! 私はそこまで考えていなくて、危うくこの本をシリウスに見せびらかすところだったわ」

「ひいっ、それは！　そそそんなことをしたら、オレらは二度と姫君にお目にかかることができなくなるかもしれません!!」

「えっ、そんなにシリウスのプライドがきずつく話なのね」

びっくりした様子のセラフィーナはソファに座ると、本を開く。

けれど、すぐにその表情が難しいものに変わった。

「……絵本とちがって、むずかしい言葉がたくさん使われているわ。私が読むにはむずかしいみたいだから、読んでくれる？」

「「「ひいいいい！！！」」」

騎士たちは腰が砕けたようになって床の上に尻餅をつくと、そのままの体勢で後ろに下がり、我先にと扉から出て行った。

「お、大勢でいても邪魔になるだけですので、ここは本日の護衛担当に任せて、オレらは退出しますね！　姫君、ご立派に成長されましたことお祝い申し上げます！」

「子どもの日、おめでとうございます！」

「「「誠におめでとうございます!!」」」

どたどたどたと慌ただしく騎士たちが出て行った後、部屋の中に残されたのはセラフィーナの他、カノープス、ミラク、シェアト、ミアプラキドスの４人だった。

「……絶望しか感じない」

シェアトが真っ青な顔で呟くと、ミアプラキドスが同意する。

「ああ、間違いなくここが死地だ。やべえ、なぜ命の終わりに瀕しているのに、オレはまだ独身なんだ」

「オレだって棺桶に入る前に、上腕二頭筋をもっと鍛えるべきだった。ああ、完璧な体で最期を迎えたかったのに」

ぶつぶつと呟き出した2人に目をくれることなく、ミラクはセラフィーナの隣に腰を下ろすと、彼女の手から本を取った。

「セラフィーナ様のお望みであれば、声に出して読ませていただきますね。意味が分からない単語や場面があったら、すぐにお尋ねください」

それから、セラフィーナにも挿絵が見えるような位置に本を置くと、冒頭から読み始めた。

「『イケメン筆頭公爵様の優雅な一日』……これは、イケメンで、筆頭公爵で、騎士団一の騎士で、国王の相談係という、誰もがうらやむ公爵様の話である」

1行目を聞いただけで、シェアトが顔をしかめる。

「改めて読んでみると、副総長が嫌になる気持ちが理解できるな。『イケメンで、筆頭公爵で、騎士団一の騎士で、国王の相談係』って、完全に副総長のことじゃないか！　しかも、以前読んだ時の印象だと、このイケメン公爵は気障ったらしいカッコつけキャラだった。こんな風に書かれたのがオレだったら、全身に蕁麻疹《じんましん》が出るぞ!!」

そんなシェアトに対して、ミアプラキドスが反論する。

「だが、購買者の99%は女性で、誰もがこのイケメン公爵を理想の男性像だと述べるらしいじゃないか。だから、オレはこの公爵の言動を真似ることこそが、結婚への最短距離だと閃《ひらめ》いたんだが」

「……オレは今、なぜお前が独身なのかを完璧に理解した」

２人の言い合いをよそに、ミラクによって語られるイケメン公爵の一日は、風呂に入ることから始まった。

しかも、彼が使用する浴槽は黄金色に輝く純金製だ。

その話を聞きながら、セラフィーナが首を傾げる。

(この本はシリウスについて書いてあると、侍女の１人が言っていたのよね。ということは、シリウスのお家の浴槽は純金でできているのかしら?)

そうセラフィーナが考えている間も、シェアトとミアプラキドスが言い合う声が聞こえる。

「少なくとも、お前にイケメン公爵の真似はできねぇぞ!　浴槽を準備する時点で、一生分の給金が飛んでいっちまう」

「ぐう……純金でバスタブを作るって、一体いくらかかるんだよ?　公爵ってのは、マジで金持ちだな!」

「お前、ビーチに行った時の副総長の服装を見ただろう?　あれら全部、テーラーの手によるハンドメイド品だぞ！　もちろん金なんて腐るほど持っているんだよ!!」

「ぐはあ！　そんな副総長が独身じゃあ、オレが結婚できるわけがねぇ!!」

２人の会話に気になることがあったので、振り返ると口を開く。

「シェアト、ミアプラキドス、お金はくさらないわ。金貨も白金貨もみがけばぴかぴかにかがやきだすのよ」

朗読を中断されて不機嫌になったミラクがじろりと２人を睨んだので、彼らは慌てて口を噤んだ。

再び本に視線を戻したミラクだったが、その表情が強張ったかと思うと唇を引き結ぶ。

というのも、本の内容に従うと、朝っぱらから美しいご婦人が公爵のもとを訪れ、彼を誘いかけることになっていたため、セラフィーナの教育上よくないと思われたからだ。

ミラクがどうすべきか迷っていると、その困惑を読み取ったカノープスが本の続きを引き取った。

「イケメン公爵は朝食を取ることにした。彼は肉を食べた。美味しかった」

つまり、カノープスはご婦人の訪問シーンをカットして、物語を展開させることにしたようだが、いかんせん彼には文才がなかった。

「イケメン公爵はおかわりをした。たくさん食べた。満腹」

これは酷いと、シェアトとミアプラキドスがしかめた顔で見つめていると、運のいいことにセラフィーナもつまらなくなったようで、足をぶらぶらとし始めた。

そのため、すかさずミラクがセラフィーナに提案する。

「セラフィーナ様、これは絵本ではなく大人が読む書物になりますので、一度に全てを読んでしまうものではありません。今日はここまでにしておきましょうか」

「えっ、そ、そうね。いっぺんに読んでしまうともったいないし、文のはくりょくがなくなってしまうわよね」

文の迫力がなくなって、子どもの文章のようになったのは、カノープスの文才がないせいです……と、その場にいた騎士たちは思ったが、懸命にも口を噤む。

それからすぐに、セラフィーナは「お庭に行きたいわ」と言い出し、カノープスとともにお気に入りの庭に出掛けていったのだった。


セラフィーナがいなくなると、部屋に残された3人は顔を見合わせた。

「ミラク、どうせお前はこの本を読んでいないのだろうが、ここからが酷いぞ」

シェアトの忠告に、ミラクは不思議そうに問い返す。

「そうなのか？　ソファに座って髪をかき上げながらワインを飲む副総長や、風呂上がりにガウンを着用し、膝の上のもふもふを撫でている副総長が出てくるのではないのか？」

先日の『シリウス鬼ごっこ』の際、シェアトとミアプラキドスが発したセリフをミラクは覚えていたようで、忠実に再現する。

「ちょ、お前、副総長ってハッキリ言うなよ！　その通りなんだが」

「ああ、それらのシーンも出てくるが、ページの大半は美女たちから迫られた副総長が、すげなく彼女たちを拒絶するシーンになっている。何だろうなこれ？　次々に現れる絶世の美女たちを副総長が情け容赦なくぶった切るところに、女性読者は爽快感を覚えるのか？」

ここぞとばかりに言い返すシェアトとミアプラキドスだったが、結局は3人で頭を抱えることになった。

「今さらだが、この本は子ども向けではないな。オレらからこの本を没収した副総長は大人気なかったが、セラフィーナ様に与えないのは正解に思えてきたぞ」

「オレらにできることと言えば、子ども向けでない部分を割愛して読むことか。うーん、カノープスの文才は酷いが、オレも似たようなもんだぞ」

「僕だって、創作は不得意だ」

しばらく3人であぁでもない、こうでもないとアイディアを出し合った結果、全員が同じ結論に達する。つまり……

「……騎士団副総長様のお達しは、正しかったということでいいな？」

「ああ、オレたちがセラフィーナ様にこの本を読み聞かせるのは極めてリスクが大き過ぎる。……魔物だ！　鳥型の魔物がこの本をくわえていったことにするんだ!!」

「そういう不正はいかがなものかと思うが……僕は何も聞かなかった」

そうして、3人はその本をぎゅうぎゅうと本棚の背面に押し込むと、キリキリと心臓が痛みながらも、がっかりするセラフィーナに鳥型の魔物と大立ち回りを演じた話を披露したのだった。

――――後日、近衛騎士団の騎士たちは、全員で再びセラフィーナのお祝いを購入し直した。

セラフィーナは子ども特有の代わり身の早さで、王都で一番流行りのお店のケーキを嬉しそうに見つめている。

そのため、『今度の贈り物はオレたちの心臓に優しいな』と、騎士たちはやっと胸を撫でおろすことができた。

そんな騎士たちが見守る中、セラフィーナはおもむろにフォークを手に取ると、実に美味しそうにケーキを食べ始めたのだが……ふと顔を上げると、思い出したように口を開く。

「あのね、今度シリウスのお家に行きたいとたのんでみることにしたの。うまくごしょうたいされたら、おふろが金ピカか見てくるわね！」

その場にいた騎士たちの全員が、一度は『イケメン筆頭公爵様の優雅な一日』を読んだことがある。

そのため、セラフィーナが何をほのめかしたかを即座に理解した。

だからこそ、騎士たちは全員で引きつった笑みを浮かべると、心の中で強く祈ったのだった。

（忘れてくれー）

（頼むから、本の内容を忘れてくれー）

（セラフィーナ様が口を滑らせる未来しか見えないから、どうか忘れてくれー）

騎士たちの祈りが叶えられたかどうかは不明だが……子どもは案外覚えている、ということを申し添えておきたい。

セラフィーナと肝試し

その日、私はお庭のベンチに座って、空っぽの箱を覗き込んでいた。

先ほどシャウラおねー様の部屋に遊びに行った際、侍女たちがお皿を片付けていたのだけれど、使用済みの皿からとっても甘い香りが漂ってきたのだ。

不思議に思って尋ねてみると、私が来る直前に終了したお茶会で、有名なお菓子店のお菓子がふるまわれたとのことだった。

残念ながらお菓子は残っていなかったけれど、お菓子が入っていた箱は残っていたため、それをもらってきたのだ。

「うーん、甘い香りがするわね」

そんな風にいい香りをかいで満足していたところ、仲間の騎士と話をしていたシェアトが耳慣れない単語を口にしたため、そちらに注意が向く。

私は手に持っていたお菓子の箱から顔を上げると、シェアトに顔を向けた。

「……きもだめし？」

聞いたことがない単語ね、と思いながら首を傾げると、シェアトが端的に説明してくれた。

「夜の真っ暗い中、恐ろしい場所に踏み入って、その者の恐怖に耐える力を試すイベントのことです」

「恐怖にたえる力をためす」

私はシェアトの言葉を繰り返すと、キラキラと目を輝かせた。

まあ、すごく面白そうなイベントじゃないの。

実のところ、私は自分のことをとっても勇敢だと思っているから、これは私の勇敢さを皆に示すチャンスじゃないかしら。

「肝試しは騎士団の騎士たちで毎年実施する、夏に行う仲間内のイベントです。今年は、王城の近くにある一軒家を会場にします。二人一組で参加し、制限時間内に会場内のどこかにある『勇敢のコイン』を持って帰ることができたペアは、騎士たち全員から勇敢だと認定されます。会場には特別なプレゼントも隠してありますので、見つけられた場合はそちらも獲得できます」

「とっても楽しそうなイベントね！　だったら、私はシリウスと参加するわ」

「えっ？」

「げっ！」

私たちの会話を黙って聞いていたミラクとミアプラキドスが後ろで声を上げる。

続けて、シェアトが動揺した声を出した。

「セ、セラフィーナ様が参加するんですか？　しかも、シリウス副総長と？　それでは企画が成り立たないと思うのですが」

「どうして？」

「どうしてって……会場に隠れて、参加者の勇敢さを試すのはオレたち一般の騎士ですよ。シリウス副総長は間違いなくオレたちを超えてきます！　たとえ姫君が足を引っ張ったとしても、副総長はコインを獲得するに決まっています!!」

むう、私が足を引っ張ったとしても、とはどういうことかしら。

この勇者セラフィーナに向かって酷い暴言だわ、と苦情を言おうとしたけれど、それより早くミアプラキドスがシェアトを引っ張る。

それから、小声で何事かをこそこそと相談し始めた。

「おい、これはある意味、副総長の弱点を探るチャンスじゃないか？　考えてもみろ。あんな何もかもできる完璧人間なんているわけがねぇ！　きっと隠しているだけで、副総長にも弱点はあるはずだ。実は暗闇が怖いとか、猫が嫌いとか」

「……そう言えば、毎年、形式的に副総長を肝試しにお誘いするが、毎回断られているな。えっ、もしかしたら副総長は暗闇が怖いのか!?」

「それを検証するんだよ！　そのためにも、シリウス副総長の時は、絶対に分からない場所にコインを隠しておくんだ。そして、弱みを見つけたら、オレらが副総長に詰め寄られ、絶体絶命のピンチに陥った時のために、最後の切り札として取っておくんだ」

「お前は天才だな！」

シェアトとミアプラキドスは納得したような表情を浮かべると私に向き直り、「肝試しに副総長とお2人で来られるのをお待ちしています！」と前言を翻した発言をした。

そのこと自体はいいのだけど、私が足を引っ張る話はどうなったのかしら。

「シェアト、私が足をひっぱるというのはどういうことなの？」

「……シリウス副総長は足が長いですからね。肝試しに恐怖したセラフィーナ様が、副総長の足にしがみ付くのではないかと予想したんです」

「なるほどね」

私は納得してうなずいた。

騎士たちは私の勇敢さを知らないから、このようなことを言うのねと思いながら。

それから、心の中で『私の勇敢さを見せてあげるわ！』と宣言し、にまりと笑ったのだった。

◇　◇　◇

そして、肝試しの当日。

私はシリウスと手をつなぎ、会場となる一軒家の前に立っていた。

笑顔でシリウスを見上げると、なぜだか彼は頭痛がするといった様子でこめかみを押さえる。

「この家は騎士団が隠密行動の際に使用する建物の一つじゃないか。それを娯楽イベントに使用するとはいい度胸だな」

「シリウス、おちついて。今日の目的は騎士たちにおせっきょうをすることではなく、『勇敢のコイン』を手に入れることよ。うふふふふ、『セラフィーナ』と問えば、『勇敢』と答えられる私の実力を見せてあげるわ！」

「……そんな問答が成立していたとは初耳だな」

「世の中には、シリウスの知らないことがたくさんあるのよ！　もしもきもだめしが怖いのならば、私の後ろから付いていてきてくれればいいから」

「………そうか」

2人で入り口に近付くと、騎士の1人がぴしりと背筋を伸ばして挨拶をした後、私たちを中に通してくれた。

お家の中は真っ暗だったけれど、私は正確に物の位置を把握することができた。

壁にも家具にもぶつからない私を見て、シリウスが感心した声を上げる。

「セラフィーナ、お前はすごいな。まるで見えているかのように、何にもぶつからないぞ」

「最近まで私の目は見えなかったから、くらやみはとくいなのよ！」

「ああ！」

胸を張る私とは対照的に、シリウスは前かがみになって呻くような声を出すと、私の手をぎゅっと握ってきた。

その縋りつくような仕草を見て、シリウスは暗闇が怖いのかしら、と意外に思う。

目を丸くしていると、シリウスは何かに気付いた様子でさっと私を抱き上げた。

「シリウス、どうしたの？」

「いや、足元の一部に、硬さの異なる材質が敷き詰められていたからな。恐らく、踏み込んだ時に異なる感触を感じさせることで、恐怖を覚えさせようとしたのだろう」

難しいことを言われたわ、と首を傾げていると、簡単な言葉で言い直される。

「つまり……お前を抱いていたいということだ」

まあ、私にひっついていたいだなんて、やっぱりシリウスは暗闇が怖いようね。

そんな彼を可愛らしく思っていると、シリウスは足を止めて周りの様子をうかがった。

それから、しんとした部屋の中で声を張る。

「全部で3……4人か。何かを仕掛けてくるのならば攻撃する」

シリウスが言葉を発し終わると同時に、部屋のあちこちで息をのむ音が聞こえた。

それからひそひそ声が聞こえる――とはいっても、部屋の中は静かだったため、十分に聞き取れる大きさだったけれど。

「お、おい、何かを仕掛けてくるのならば……って警告されたが、そもそもこれは参加者に対して様々な恐怖イベントを仕掛けていくものだよな!?」

「お前、副総長に正論が通用するかよ！　動いたらマジで攻撃されるやつだぞ!!」

「……オレは動かねぇ」

「オレも動かねぇ」

部屋の中は再びしんと静まり返ったため、私はこてりと首を傾げる。

肝試しが何なのかをいまいち理解していないけれど、どうやら騎士たちはコインを探す邪魔をしようとしたようだ。

けれど、シリウスの一言によって邪魔をすることを諦めたらしい。

「シリウス、ありがとう！　これでゆっくりコインを見つけられるわね。うーん、私の勇敢パワーがはつどうしたから、どこにコインがあるのかが分かるような気がしてきたわ」

私はシリウスの腕の中から下りると、ここだと思う場所をあちこちと探して回る。

「私が騎士だったら、この帽子の中にかくすわ！　……ないわね」

クローゼットの中の帽子をひっくり返してみたけれど、コインは出てこなかった。

「私が騎士だったら、このクッションの下にかくすわ！　……ここにもないわね」

続けて、ソファの上にあるクッションを持ち上げてみたけれど、やはりコインは出てこなかった。

そんな風に、ここだと思う場所を3か所、4か所、5か所と探す。

「私が騎士だったら、このじゅうたんの下にかくす！　かもしれないわ。…………ええっ、ここにもないの!?」

そんな風に8か所、9か所、10か所と探したところで私は叫んだ。

「私は騎士じゃないから分からないわ!!」

すると、シリウスが再び私を抱き上げて廊下を進んだかと思うと、少しだけ足を持ち上げ、床の1か所に思いっきり踵を叩き付けた。

ドゴッ、という音とともに右手の壁の一部が開き、その先に小部屋のようなものが現れる。

すると、それまで静かだった騎士たちが、再びひそひそ声で相談を始めた――もちろん部屋の中は静かだったため、十分に聞き取れる大きさの声で。

「おいおい、どうなっているんだ？　副総長はこの家に一度も入ったことがないはずだよな!?」

「ねぇよ！　しかし、この家を購入する際に、資料として間取り図を提出したからな。そこには隠し部屋の仕掛けについても記載してあったから、それを覚えていたんじゃねぇのか？」

「は、そんなことがあり得るか？　それこそ人間業じゃねぇだろ！　副総長は毎日毎日、総長の分の書類も片付けているんだぞ！　あの膨大な量の書類の細部にまで目を通していて、かつ覚えているなんて絶対に不可能だ!!」

「普通はな！　だが、肝試しの脅かし役を脅して、イベントを根底からひっくり返すような騎士なら可能なんだろうよ!!」

呻くような声が続き、騎士たちが納得したのか再び静かになる。

そのため、私は新たに出現した小部屋に足を踏み入れた。

するとと、その小部屋には小さなテーブルが1台だけ置いてあり、その上に1枚のコインが置いてあった。

「見つけた！『勇敢のコイン』だわ!!」

嬉しくなってテーブルに向かって走っていくと、後ろからシリウスの感心したような声が響く。

「さすがはセラフィーナだ。このような真っ暗な部屋の中に躊躇せず入室するとは、勇敢さの塊じゃないか。お前は間違いなく、コインを獲得するのに相応しい勇気の持ち主だ」

「本当に？　うふふ、すごくうれしいわ！」

そう答えたところで、どこからともなくいい香りが漂ってきた。

「ん？」

そのため、くんくんと鼻を動かして、香りのもとを探し出そうとする。

甘い香りを辿っていくと、テーブルの端っこに置かれた小さな紙箱に辿り着いた。

目を凝らして見ると、その箱の表面にチョコレートとストロベリーの絵が描いてある。

「あっ、これは『ストロベリーチョコショップ』の箱だわ！　ということは、これが特別なプレゼントね！　シリウス、見つけたわ!!」

「いや、特別なプレゼントはコインの隣に置いてあった小刀だろう。……お前の興味を引かなかったので、目にも入らなかったようだが。というよりも、今話しているオレの声も聞こえていないようだな」

シリウスの言葉通り、私は手の中の箱に夢中になっていたため、彼が話す内容を聞いていなかった。

なぜならその箱は、先日おねー様の部屋からもらってきた、いい香りがするお菓子の箱と同じ店のものだったからだ。

そのため、そっと開けてみようとしたところ、三度目のひそひそ声が聞こえる。

「えっ、ちょ、そ、それはオレが3時間も並んで買った!!」

その時、遅まきながら、その声がミアプラキドスのものであることに気付く。

それから、続く声がシェアトのものであることにも。

「諦めろ。どうせプレゼントする女性もいないんだから、自分一人で食うだけだろ。菓子だってお前みたいな強面の大男よりも、可愛らしい姫君に食べられたいだろうよ」

「ちが!　お前、オレは2時間並んで、有名な占い師に占ってもらったんだ!　そうしたら、明日のオレのラッキーアイテムはあの菓子で、菓子入りの箱を持ってウロウロしていたら運命の出会いがあるって言われたんだよ!!」

「あー、だったら、お前はもっと慎重にあの菓子箱を隠しておくべきだったな。そうしたら、お前の運命を取り逃がすこともなかっただろうに」

「なっ、オレは運命を取り逃がすことが確定なのか!?」

「そう思うぞ。もちろん、お前があんなに嬉しそうな表情の姫君から、お菓子を取り返せるのならば話は別だが」

「………………」

会話のところどころはよく聞こえなかったけれど、最後の一言だけはハッキリと聞こえた。

つまり、私からお菓子を取り返すと言っていることは。

そのため、私は慌ててお菓子の箱を背中の後ろに隠す。

すると、頭上から面白がっているような声が降ってきた。

『『勇敢のコイン』を獲得した勇者は、お菓子を取られることが怖いのか？』

「もちろんよ！　それは世界でいちばんこわいことだわ!!」

力説すると、シリウスは一瞬きょとんとした後、大声で笑い始めた。

「ははは、そうか！　お前の肝試しは昼日中にお菓子を取り上げれば、ことは済んだのだな」

私がやっとのことで手に入れたお菓子を取り上げられたとしたら、恐怖と絶望を覚えることは間違いない。

そう考えた私は、シリウスに向かって大きく頷く。

「その通りだわ！　きもだめしがお菓子を取り上げるイベントではなく、まっ暗い中でさがしものをするだけのイベントで助かったわ」

私が言葉を発し終えた途端、隠れている騎士たちが『そうじゃない！』とばかりに呻き声を上げだけれど、私は気にすることなくシリウスを見上げた。

それから、得意気に言い募る。

「でも、私はかなり勇敢だから、お菓子をとりあげられてもたえられるような気がするわ！」

「さすがはセラフィーナだ。そうだとしたら、間違いなくお前は勇敢だな」

シリウスの褒めるような言葉を聞いて嬉しくなったけれど、私はすぐにへにょりと眉を下げた。

どうしても勇敢になれないことが、一つだけあることに気が付いたからだ。

「でも、どうしても勇敢になれない時もあるわ。もしもシリウスを取り上げられたら、私は絶対にたえられないもの」

「…………」

その瞬間、シリウスは思ってもみないことを聞いたとばかりに目を丸くしたけれど、次の瞬間には込み上げてくる感情を散らすかのように瞬きをした。

「……そうか」

「そうよ！　だから、私の知らない間に取られないように、私はいつだってシリウスにひっついていることにするわ」

そう言ってぎゅううっとシリウスの足にしがみ付くと、褒めるかのように頭を撫でられる。

「お前は賢いな」

それから、シリウスはもう一度私を抱き上げた。

「セラフィーナ、お前はコインを入手できるほどに勇敢だ。だから、1つくらい弱点があったほうがいい。その弱点がオレならば光栄だ」

「そうかしら？」

「ああ、そうだ」

シリウスが当然のことだとばかりに頷いたので、私は安心してぎゅっと彼に抱き着く。

すると、シリウスは私を抱いたまま踵を返し、出口に向かった。

どうやら肝試しは終わりのようだ。

そのため、私はシリウスに抱かれたまま、もてなしてくれた騎士たちに声を掛ける。

「今夜は楽しいイベントをありがとう！　おやすみなさい」

すると、隠れていた騎士たちが姿を見せ、全員で頭を下げた。

「「「……（怖がらせようと準備していたものを全く披露できませんでしたが、）姫君が満足したようでよかったです。おやすみなさい」」」

私は知らないことだけれど、シリウスとともに肝試しの家を去った後、――――騎士たちは下げていた頭を上げると、呻き声を漏らしたらしい。

それから、苦情を言い始めたのだとか。

「さすがは過保護者だな！　相変わらず姫君にベタ甘じゃないか!!」

「というか、姫君の弱点は副総長って……誰もあの方を盗めないいし、倒せないんだから、弱点になり得ねーだろ!!」

「それな!!」

それから、ミアプラキドスがため息をつく。

「副総長が弱点である以上、姫君は無敵だ。それから、探していた副総長の弱点は……姫君であることは一目瞭然だったが、手を出そうと考えた時点でこちらが沈む。やっぱりオレらにできることは、全力で姫君をお守りして、全力でシリウス副総長の不興を買わないよう尽力することだな」

「「それな！！」」

――近衛騎士団の騎士たちに、セラフィーナの価値がまた一つ認識された瞬間だった。

【ＳＩＤＥシリウス】セラフィーナと刺繍

その日、オレは彼女の私室で、満面の笑みを浮かべているセラフィーナと対峙していた。

彼女のキラキラとした笑顔が、好ましくない出来事発生の予兆に思え、用心深い表情を浮かべながら沈黙を守る。

実際に、これまでの経験から考えると、セラフィーナの得意満面な笑みを目にした場合には、高確率で碌でもないことが起こっていた。

そのため、覚悟を決めてセラフィーナの言葉を待っていると、彼女は後ろに隠していた手を得意気に差し出してきた。

視線を落とすと、その手にはハンカチが握られている。

「じゃじゃーん！　シリウス、私の夢と希望をししゅうしたハンカチよ！」

そう言うと、セラフィーナはばさりと畳んでいたハンカチを広げた。

よく見ると、そのハンカチには服を着た熊と煌めく星々が刺繍されている。

とは言っても、かろうじて熊に見えるだけで、服を着た狐と言われればそうも見えてくるような作品だった。

「シリウス、私のししゅうはどう?」

得意気な表情で尋ねられたため、この作品を否定することはできないなと思う。

そもそもオレ自身の刺繍《ししゅう》の腕前がからっきしのため、他人の作品を批評できるはずもないのだが、そんなオレでも分かるほどに、セラフィーナの刺繍の腕前は拙《つたな》かった。

ただし、セラフィーナが6歳であることを勘案すると、十分素晴らしい作品だと思うし、何より彼女の手製だと思うと愛着が湧いてくる。

そのため、オレは思ったことを素直に言葉にした。

「……オレはよっぽどお前のことが可愛いのだろうな」

「えっ、それはありがとう。だけど、私はししゅうの話をしているのよ?」

「オレも刺繍の話をしている。この作品を味があると思えるのだから、オレはよっぽどお前が可愛いのだろう」

オレの答えを聞いたセラフィーナは目を丸くした。

「味があるって、……えっ、どうしてシリウスは、私がおやつを食べながらししゅうをしたことを知っているの?」

「セラフィーナ、お前は……刺繍をしながら物を食べると布が汚れるから、作業中は一切食べるなと教師に注意されていただろう」

呆れてそう諭したものの、わずか6歳の少女が刺繍だけをもくもくと続けられるものではないなと思い直し、言葉を続ける。

「しかし、そんなところもお前らしいと受け入れる気になるのだから、やはりオレはお前が可愛いのだろうな」

そんな風にセラフィーナを喜ばす言葉を口にしたことが裏目に出たようで、彼女は嬉しそうに手をパチンと叩いた。

「わあ、うれしい！　お礼に、シリウスにいいことを教えてあげるわ」

セラフィーナのキラキラと輝く目を見て、先ほど感じた嫌な予感が再び蘇ってくる。

「その答えを聞かない方が、オレの精神衛生上いいように思われるが、……聞かないわけにはいかないのだろうな」

「シリウス、これはものすごいお得じょうほうなのよ！　聞かなかったら、あなたが損をするわ」

熱心に訴えられたため、観念して先を促す。

「そうか。では、質問するが、お前の言ういいこととは何だ？」

「あのね、本当は青色の服をししゅうする予定だったのに、間違って白い糸を使ってしまったの。そうしたら、布も白色だから、白と白でししゅうをしたかしょが分からなくなってしまって」

「それは当然だな」

というか、この熊は赤い服を着ているぞ。一体どういうことだ。

「だから、どこにお洋服をししゅうしたのかしらと、いっしょうけんめいハンカチを見つめ続けていたら疲れちゃって、机の上にストロベリーがあったから食べたの。そうしたら、手にべたりとストロベリーがついてしまって、その手で触ったししゅう糸にもべたりとついてしまって……こういうんなことに、白い服が赤い服に変わったのよ！」

「………なるほど」

それ以外に口にできる言葉はなかったので、言葉少なに相槌を打つ。

すると、セラフィーナが両手を大きく広げてハンカチの有用性をアピールしてきた。

「だからね、この赤い服の糸をかいでみると、ストロベリーの匂いがするのよ！　つまり、なめてみたらストロベリーの味もするはずだわ！　うふふ、シリウスがものすごくおなかが空いた時は、この赤い服をなめればいいわ」

「なるほど。オレは深夜、1人で書類仕事をしている際、空腹になったら胸ポケットからハンカチを取り出して、刺繍部分を舐めるのだな」

それは人として、絶対にやってはならない行為だ。

セラフィーナもそう言ってくれるだろうと期待したが、彼女は満面の笑みを浮かべると、オレに抱き着いてきた。

「せいかいよ！　シリウス、私からハンカチをもらえてよかったわね!!」

「……そうだな」

知らなかった。このハンカチはオレへのプレゼントだったのか。

「でもね、このハンカチのしんこっちょうは別のところにあるのよ！」

「まだあるのか」

ストロベリーで着色した刺繍というだけで十分だと思うが。

「そう、貴族は持ち物にたくさんの宝石をぬいつけるときいたわ」

「……ハンカチは別だと思うがな」

宝石でごてごてとしたハンカチなど、手拭きとしては役に立たない……と思ったものの、先ほどから気になっていた部分に視線が吸い寄せられる。

明らかに不自然な膨らみを持っている、煌めく星々の刺繍部分に。

それらの膨らみは、糸が絡まって盛り上がっているせいだと考えていたが……まさか宝石を縫い付けているのか？

そう予想したオレの考えは非常に凡庸で、セラフィーナの斬新な考えにかすってもいなかった。

「だから、シリウスのおなかが空いた時のためにと、たくさんのキャンディーをぬい付けたのよ！おなかが空いたら、このふくれているところの糸を切ると、中からキャンディーが出てくるわ」

キャンディーを縫い付けたハンカチだと!?

一体どうして、刺繍の教師はセラフィーナを止めないんだ!!

「……お前がせっかく立派な刺繍してくれたのだから、糸を切るのははばかられるな。いや、キャンディーはもしもの時が来たとしても、食べずに取っておくことにしよう。そして、この滑稽な熊の刺繍を眺めて空腹を紛らせよう」

「くま?」

セラフィーナが首を傾げたので、オレは眉根を寄せる。

「……狐だったか?」

「えっ、ちがうわよ! シリウスよ! 私の夢と希望をししゅうにしたって言ったでしょう? さいきょうの騎士、シリウスをししゅうしたのよ!!」

「…………そうなのか」

子どもの作品だ。

なぜオレの腹が肥満体形になっているのか考えてはいけない。

なぜオレの耳が顔の横ではなく、頭のてっぺんについているのか疑問に思ってはいけない。

オレの膝も肘もあり得ない方向に曲がっているが、全ては夢と希望の産物なのだ。

「セラフィーナ、世界に二つとないハンカチをありがとう」

何にせよ、オレが空腹になった場合まで考えて、工夫をして作ってくれたハンカチだ。

ありがたく頂戴することにしよう。

「シリウス、毎日使ってね!」

それはどうだろうか。

実用性に欠けるうえ……ストロベリーで着色をしているということは、手を拭くたびに手に色が付く可能性があるな……お守りとしてポケットに入れておいても、暑い日にはキャンディーが溶け出して、ポケットごとベトベトになりそうだ。

「……大事過ぎて、なかなか使用したくない気持ちだ」

「えっ、だったらあと10枚くらい作ってあげましょうか？」

「…………明日から使用することにしよう」

完全敗北を喫したオレは、そう返事をしたのだった。

【挿話】ウェズン騎士団総長とシリウス副総長

ある夏の暑い日、角獣騎士団の総長室では、部屋の主が大声を響かせていた。

「おい、こんな暑い日に、どうして私は執務机にかじりついているんだ！　私は騎士団総長だよな？　一番偉いんだよな!?　なのに、朝から晩まで椅子に座って、くそつまらない書類仕事をしているとはどういう了見だ！　その間、副総長はビーチでバカンスだと？　おかしいだろう!!」

両手に持った書類を破りかねない勢いで文句を言うウェズン騎士団総長を前に、部屋の隅に控えていた騎士たちは無言のままうつむく。

ウェズン総長は不満いっぱいだが、これまでシリウス副総長がほとんど休暇を取ることなく、日夜騎士団の用務に励んでいたのは誰もが知るところだ。

そのため、少しくらいビーチでバカンスを楽しんでいたとしても罰は当たらないだろうと、総長の発言に反対する意見を持ったためだ。

というよりも、副総長はものすごく働くため、彼が王城にいるだけで多かれ少なかれその余波を受け、周りの騎士たちにも仕事が降ってくる。

それゆえ、正直に言うと、シリウス副総長の不在は騎士たちにとってありがたかった。

それに、シリウス副総長は何年にもわたって、ウェズン総長の事務仕事を引き受けていたのだ。

だからこそ、総長はいつだって好き勝手に行動していたのであり、ボーナス状態がたまたまずっと続いていただけなのだから、たまに書類仕事をしたとしてもそれは仕方のないことだろう。

そもそも彼が処理しているのは、総長が本来受け持つべき業務なのだから。

そんな風に騎士たちの全員が、心の中でシリウス副総長の味方をしていたところ、1人の騎士が入室してきた。

「騎士団総長にご報告です！　たった今、シリウス副総長が王城にお戻りになられました。副総長はその足で国王陛下の執務室に向かわれたようです」

「何！　シリウスがやっと帰ってきたか!!　あー、助かった。ということは、私はこの仕事から解放されたということだな」

ウェズン総長は握っていた羽根ペンをポイッと投げ捨てると、椅子から立ち上がり、ストレッチを始めた。

それから、廊下につながる扉に手を掛けると、部屋の外に出ていこうとしたため、騎士たちが慌てて声を掛ける。

「ウ、ウェズン総長、どちらへ行かれるのですか!?」

「シリウスの迎えだ」

「は？　総長自らですか？　20日ほども王城を離れていたのですから、待っていたら副総長の方から帰城の挨拶に来られると思うのですが」

「それまでにどれだけの邪魔が入ると思う。あいつは人気者だから、待っているだけでは明日になってしまうぞ」

そこまで言ったところで、総長は考えるかのように顎に手をやった。

「そうだ、今から会議をするのはどうだ。シリウスが3週間も不在にしていたから、色んなところに支障をきたしているだろう。それらをまとめて解決するんだ。よし、大至急、騎士団長を集めろ！」

それだけ指示を出すと、総長は勢いよく部屋の外へ飛び出していった。

そのため、後に残された騎士たちは、頭痛を覚えた様子で頭を押さえると、呻くような声を出す。

「くうっ、ウェズン総長はこの3週間で発生した問題を全て、シリウス副総長に押し付ける気だぞ」

「確かにそれが一番早くて、確実な解決方法だが……」

「「副総長、ウェズン総長をお止めできずに申し訳ありません!!」」

最後に皆で謝罪の言葉を口にすると、騎士たちは騎士団長たちを招集するためにそれぞれ散らばっていったのだった。

◇　◇　◇

「思えば、シリウスは昔っから出来上がっていたよな」

ウェズン総長は廊下をずんずんと歩きながら、シリウスと出会った頃を思い出していた。

あの頃はまだ、総長自身が騎士団長の職位にあり、シリウスは12歳だった。

「体は出来上がっていなかったが、逆にその体の軽さを利用して、ものすごいスピードを身に付けていたからな。手合わせをした際、あいつに勝てはしたものの、これはいずれ追い抜かれるんじゃないかと危機感を覚えたものだ。……まさか、わずか3年後に負けるとは思いもしなかったが」

いやー、15歳で騎士団最強になるってどんだけだよ、と総長はぼやく。

そんな彼の脳裏に、夜の月のような銀髪を煌めかせ、陶器のような白い肌をした驚くほど整った顔立ちの美少年の姿が浮かび上がる。

『初めまして、シリウス・ユリシーズです』

——シリウスに初めて出会った時に受けた強烈な印象を、ウェズン総長は覚えている。

あの全身の毛穴が開くような恐ろしい感覚は忘れようもなかったからだ。

国王の実弟であるユリシーズ公爵の一粒種、シリウス・ユリシーズ。

彼が騎士団に入団する日、その場は物見高い騎士たちでごった返していた。

国王の息子である3人の王子は、騎士団に入団してこそいなかったものの、たびたび訓練に参加していたうえ、第一騎士団が彼らの警護に就いていたため、その人となりは騎士団内に知れ渡っていた。

すなわち、努力嫌いでプライドが高く、些細なことで苛立つ傾向があるタイプだということは。

そのため、何とはなしに3人の王子を基準にして、シリウスの人となりを想像していたことは否めない。

しかし、実際に現れたシリウスは、全く異なる様相を見せた。

背中をまっすぐに伸ばし、凜とした表情で集まった騎士たちを見回した姿は威風堂々としていたし、癖のない完璧な発音で話す姿はその体に流れる高貴な血を彷彿とさせた。

そのくせ、威張る様子や自己を顕示する様子はこれっぽっちも見せず、淡々と少な過ぎる自己紹介を済ませると、それで終わりとばかりに口を閉じる。

12歳の少年はその存在一つで、居並ぶ騎士たちの視線と興味を強烈に引き付けていた。

「……君の強さが全く分からないので、手合わせを願ってもいいかな」

力でもって相手を測るところがある騎士たちが、そう提案したのはある意味自然なことだった。

皆でぞろりと訓練場に移動すると、第一騎士団の副団長が進み出る。

12歳の少年相手には強敵過ぎる相手だったが、シリウスは国王の甥であり公爵の爵位を持つ者だ。

中途半端な者をあてがって、力を加減できずに怪我をさせるわけにもいかないので、明らかに格上の者を当てることで、危険な場面を避けようとの人選だった。

一方で、シリウスの立場上、いくばくかの特権が騎士団内で付与されるにしても、基本的には上官に従うものだとの、騎士団の力の仕組みを理解させる洗礼の意味もある。

「始め！」

開始の合図が下された直後、副団長は様子見の姿勢を示して動かなかった。

シリウスをこてんぱんにするわけにもいかないので、戦闘開始時に突っ込んでいかなかったのは正しい判断であったろう。

しかし、その隙を見逃すようなシリウスではなかった。

彼は一瞬にして間合いを詰めると、強烈な一突きを放って、副団長の剣を弾き飛ばしたのだ。

「は？」

「え？」

「……嘘だろ？」

腕を組み、軽口を叩こうと様子を見守っていた騎士たちの口から、信じられないとばかりの言葉が零れ落ちる。

目の前にいるお綺麗な顔をした少年が発する覇気は本物だ、と皆が理解した瞬間だった。

しかも、その少年は騎士団が誇る第一騎士団の副団長に勝利したというのに、一切勝ち誇った様子も、歓喜する様子も見せずに、次は誰だとばかりに周りを見回している。

……大物だな。

「次はオレがいこう！」

そう言って名乗りを上げた第五騎士団長は数分間の戦闘の末、地面に膝をついた。

「……マジか！　第五騎士団長が負けたぞ!!」

「信じられないな！　あんな小さな体で、力だって押し負けているのに勝利しただって!?」

その頃には、戦いを見守っていた騎士たちの全員が興奮状態だった。

もはやシリウスに敵意や害意を抱いている者は1人もいない。

力を尊しとする騎士団において、わずか12歳でこれほどの強さを身に付けたシリウスに、負の感情を持てるはずがなかったからだ。

次に名乗り出た第六騎士団の副団長にもシリウスが勝利したが、その際に副団長の剣がシリウスの頬に傷を付けた。

陶器のようなきれいな肌に鮮やかな線が入り、多くの者が青ざめたが、シリウスは気にもならない様子で袖口で血を拭った。

「怪我を気にしていては、騎士は務まらない」

その言葉を聞いた途端、誰もがシリウスを仲間だと認識した。

国一番の公爵閣下だ。その御体に傷を付けられれば立腹するだろうし、場合によっては立場を引き合いに出して、相手の騎士に刑罰を望んでも不思議はない。

事実、そのような貴族は過去に大勢いたのだ。

しかし、シリウスがそれらの者たちと一線を画す存在であることは明らかだった。

それから、何戦したのか。

ウェズンを含め3人の騎士団長がシリウスに勝利し、それ以外の騎士は敗北した。

連戦でさすがにシリウスの息が上がってきたため、模擬試合の終了を宣言すると、その途端に騎士たちは歓声を上げてシリウスを取り囲んだ。

「すげえ!」「すげえな!!」と興奮する騎士たちを前に、ウェズンは隣に立つ騎士団長をちらりと見やる。

「とんでもない人物がいたものだな。初めて足を踏み入れた場所だ。騎士団の雰囲気に飲まれないだけでも大したものだというのに、多くの騎士団長や副団長を叩きのめすなんざ化け物だ」

「ああ、あれで12歳とは恐れ入るな。恐ろしくきれいな剣筋だから、金に飽かせて高名な剣士に師事したのは間違いないだろうが、それにしても強い。これで経験を重ねられたら、誰も敵わなくなるぞ」

そんな風に登団日初日に強烈な印象を与えたシリウスだったが、騎士団での日々を重ねるにつれて、着実に騎士たちの信頼を勝ち取っていった。

なぜなら彼は、決して恐れや怯えを見せなかったからだ。

たとえば魔物討伐に行き、皆で魔物を囲い込んだ際、魔物の凶悪さに恐れをなした騎士たちが、一歩後ろに退いたことがあった。

しかし、シリウスだけは退かなかったため、結果的に彼が一歩前に出た形となり、魔物はまっすぐ彼に向かってきた。

そのことに気付いた騎士たちは、慌てて助けに入ろうとしたが、彼らが剣を振るう間もなく、シリウスはその魔物を一刀のもとに切り伏せたのだ。

――騎士は勇敢な者、強い者を好む傾向にあるが、シリウスはその両方を備えていた。

絶対的な強さと、そのことに裏打ちされた皆に与える安心感。

それらによって、彼はたちまちのうちに騎士たちを魅了していった。

さらに、シリウスは皆が嫌がる書類仕事も率先してこなした。そして、ミスなく処理をする。

武に秀でているだけではなく、優秀な頭脳まで揃っているとは、こんな騎士は見たことがない、と誰もが口を揃えたが、完璧だと思われたシリウスにも欠点があった。

それは、彼の周りにいる者たちにも、同じように高い水準を要求することだ。

「……当時は、シリウス本人の能力が高いから、つい自分を基準にしているのだろうと、皆で呆れたものだったな。あいつはまだ若いから、そのうちに騎士たちの標準的な能力がどの程度かを理解して、理想を追い求めることを止《や》めるだろうと誰もが考えていたのだが……こればっかりは当てが外れたな」

理想主義者は年齢を重ねても理想主義者のままだった。

しかし、それはそれで構わない。

成人の祝いで初めて酒を酌み交わした日、シリウスは静かに自分の夢を語ったのだ。

「オレは亡き父の志を継ぎたい。父は国のために働きたいと願いながらも、病弱のために叶わなかった。もしも父が健康だったならば、騎士団のトップである騎士団総長職に就いていたはずだ。だから、オレが父の代わりに総長職に就くと決めた」

シリウスの父親のアルケナー公爵は金髪碧眼だった。

銀髪白銀眼のシリウスとは似ても似つかず、以前からこの父子に血のつながりがないのではと噂されていた。

恐らく、シリウス本人もその噂を聞いているだろうに、前公爵のことを父と呼び、その志を継ぎたいと言い切る彼に、ウェズンは妙な感動を覚えた。

――――現実問題として、国王には3人の息子がいる。

そのため、普通に考えれば彼らのうちの1人が総長職に就くのだろうが……3人の王子とシリウスを比べた場合、その能力差は歴然としていた。

剣の腕も。勇敢さも。人望の差も。生まれ持ち、磨き抜いたカリスマ性も。

「常識的に考えて、総長職は王の息子が就くものだ。そのため、お前の望みは実現の可能性が低いはずだが、どういうわけかお前が相手だと叶えることができるように思えるな」

というよりも、このシリウスを押しのけて、別の者が総長職に就く未来が見えない、と思いながらウェズンが感想を漏らすと、シリウスは真摯な表情で頷いた。

「ああ、オレは騎士団総長職に就いてみせる。そして、この身をナーヴ王国に捧げる」

「……そうか」

思うところがないでもなかったが、ウェズンはそう返事をした。

シリウスには高い志があるものの、一切の楽しみを知らない。

そのため、ウェズンはそのことをもったいなく感じたのだが……シリウスは騎士団総長になることができれば、人生に満足できるだろう。

「だから、それ以上を望むのは贅沢というものだ。あの時のオレはそう、本気で思ったんだがな」

ウェズン総長はそう口にすると、王の執務室前で合流したシリウスとともに会議に参加した。

シリウスが不在にしていた20日の間に溜まりに溜まった仕事をシリウスに確認させ、振り分けさせる会議に。

もちろん、会議においてもシリウスはいつも通り有能で、淡々と示された問題に指示を出していたが、短期間で仕事が溜まり過ぎていたことに、少々立腹している様子だった。

◇　◇　◇

会議終了後、廊下を歩きながらウェズン総長はシリウスに誘いかけた。

「この後、食事でもどうだ？　いいワインが手に入ったぞ」

「でしたら、明日以降にご相伴にあずかります」

珍しく誘いを断られたため、総長は訝し気に片方の眉を上げる。

シリウスともあろう者が、西海岸からの移動くらいで疲れたのだろうか、と不思議に思っていると、廊下の端から可愛いらしい声が響いた。

「シリウス！」

その声を聞いた途端、シリウスは見て分かるほど嬉しそうに微笑んだ。

「セラフィーナ、ちょうどよかった。今日の仕事は終わったから、晩餐室まで一緒に行くとしよう。その後は、約束通りお前に絵本を読み聞かせてやるからな」

「何と、年に100本しか生産されない稀少なワインよりも、姫君の読み聞かせを優先させるとは!!」

思わず声が出たウェズン総長をじろりと睨み付けたシリウスを見て、総長は顔をほころばせる。

「おや、私の独り言が聞こえたか。それは悪かったな。だが、お前のその表情も含めて、いつの間にか人間らしくなったものだ」

シリウスはもう間もなく騎士団総長になるだろう。

その職位に就くこと以外、彼に望むことはなかったはずなのに……人の感情を知り、楽しみを覚えたか、と総長は嬉しさを覚える。

「お前はとうとう完璧になったな！」

そう口にしたウェズン総長に対し、シリウスは呆れた様子でため息をついた。

「総長がこの3週間でやり残した仕事をオレが全て引き受けるからといって、無理に褒める必要はありません」

シリウスのその表情がやはり人間くさく、それから、視線を動かしてセラフィーナを見つめた眼差しが優しかったため、ウェズン総長は朗らかな笑い声を上げる。

「はははは、シリウス、とうとうお前は全てを手にしたんだな！　よし、今夜は存分に絵本を読んでこい。そして、明日は極上のワインを開けるぞ!!」

「はい」

簡潔にそう答えると、シリウスはセラフィーナに向かって大股で歩いて行った。

その後ろ姿を見て、ウェズン総長は嬉しそうな、それでいて誇らし気な表情を浮かべたのだった。

カリスマあふれる騎士団総長大きく順位を上げ2位へ！

【感想】サヴィス総長は渋くて格好いいです！フィーアとこれからどんな雰囲気になるのか楽しみです。／登場シーンが決して多くはないのに、ここ一番ですごいインパクト残してくサヴィス総長大好きです！

第一回人気投票1位の男1位の座を譲るも、ベスト3入り！

【感想】今後もシリルの格好良いところが読みたいです！／シリル団長一筋に生きます！／いつもフィーアに柔らかく微笑みかけている優しくて強いシリル団長が大好きです!!!!!!

【感想】サザランドの人々のために周囲を押し切って急行した優しさと行動力素敵過ぎる。

【感想】フィーア様への信仰心好きです。／クェンティンという推しがいる限り何度だって投票したい。

僅差で3位の座を譲るもベスト5入りで主人公の面目躍如！

【感想】圧倒的にアホ可愛い！／フィーアの明るさが大好きです。／フィーアしか勝たん！／どのキャラも個性的で大好きですが、やっぱり主人公のポジティブなフィーアちゃんに投票させていただきます！

小さな聖女さまが騎士団長達を押しのけまさかのベスト5入り!!

【感想】フィーアと姉妹みたいでかわいい！／シャーロットが次の筆頭聖女になったら良いなぁ。／健気で頑張ってるところが好き。

11位 ファビアン：48票
12位 カノープス・ブラジェイ：47票
13位 セブン：44票
14位 クラリッサ・アバネシー：33票
14位 レッド：33票
16位 オリア・ルード：30票
16位 オリーゴー：30票
18位 ザカリー・タウンゼント：28票
19位 セルリアン：20票
20位 グリーン：17票

21位以下 シェアト・ノールズ／ドリー（ロイド・オルコット）／プリシラ／イーノック／プロキオン・ナーヴ／ブルー／ミラク・クウォーク／ロン（ノエル・バルフォア）／ガイ・オズバーン

その他投票 シャウラ／ミアプラキドス・エイムズ／パティ・コナハン／サリエラ／コレット／オルガ／アダラ団長／エステル／ドルフ・ルード／レオン・ルード／エルナト・カファロ／チェーザレ／イアサント王太后／イェルダ王女と兄／レッド・グリーン・ブルーの妹／黒フェンリル／アルテアガ帝国の騎士団副総長／大聖堂の赤髪の下働き／サザランドの民／ザビリンリン・リンゴスキー／総長のシックスパック

十夜先生からのメッセージ

前回をはるかに上回る4,633票もの投票、及びたくさんのコメントをありがとうございました。
1人 1人のキャラクターが本当に愛されているのだなと嬉しくなりましたし、
皆様のお声が聞けて元気が出ました。ご参加いただいた皆様、どうもありがとうございます!!
引き続き、「転生した大聖女は、聖女であることをひた隠す」を楽しんでいただけるよう頑張ります。

たくさんのご投票と、キャラクターや作品への愛のあるコメントをいただき、誠にありがとうございました！ 第三回開催もお楽しみに♪

第二回人気投票 結果発表

総投票数 4633票!

1位

セラフィーナを護る
最強スパダリ騎士
圧倒的一位!!
……感謝する。
人気投票1位
おめでとうございます!

1045票

シリウス・ユリシーズ

【感想】セラフィーナを過保護なまでに扱っているのがほんと良いですよね! 果たして、シリウスは生まれ変わっているのかとーっても気になります!!／一途なシリウスがとてもカッコいい!／溺愛ぶりが最高!／シリウスのポツリと漏らすデレの言葉が萌え萌え\(//∇//)\／騎士以外に興味のなかった彼が、どんな時でもセラフィーナを擁護し大切に扱う様は読んでいて惚れ惚れするくらい男らしくカッコいい。ぶっちぎりの一位です。／セラフィーナには気づかれてない告白の言葉に文章中の侍女たちと一緒にきゅんきゅんしております。

人気投票第1位

シリウス・ユリシーズ

【SIDEシリウス】セラフィーナとハリネズミの恐怖

「王女様は悪い魔法で空色のネズミに変えられてしまいました。すると……」

いつものように絵本を読んでやっていると、セラフィーナの顔色が普段になく悪いことに気が付いた。

そのため、心配になって声を掛ける。

「どうした、気分が悪いのか?」

今日のセラフィーナは日中ずっと外に出て、薬草を摘んでいたとの報告を受けていた。

子どもはすぐに体調を崩すというから、用心した方がいいだろう。

「昼間に陽に当たり過ぎたのではないか? 水分を多めに取って、早めに休むことにしよう」

そう声を掛けると、セラフィーナは真っ青な顔でがしりとオレの腕を摑んできた。

「シ、シリウス、私は悪い魔法をかけられたかもしれないわ!」

「どういうことだ?」

「お……お昼に出た緑のやさいをこっそり残したの。それから、明日の分のクッキーをもう食べて

しまったし、カノープスのブーツの右と左をぎゃくにしたの」

「どれもお前らしい行動だな」

「だから……3回悪いことしたから、絵本の中のお姫様のように、悪い魔法でへんしんさせられるにちがいないわ」

そう言われれば、今しがた読み聞かせていた童話には、セラフィーナと同じような小さなお姫様が登場していた。

お姫様は悪戯好きで、城中の者に悪戯をして回ったため、魔女が警告を与えるのだ。

『3回悪いことを繰り返したら動物に変身させる』と。

しかし、魔女から脅された後も、お姫様は変わらず悪戯を繰り返したため、空色のネズミに変身させられてしまった。

だが、これはあくまで絵本の中の話だ。

これくらいの悪戯で悪い魔法をかけられるのならば、世の中のほとんどの子どもが魔法をかけられているだろう。

「オレはお前が悪い魔法をかけられるほど悪いことをしたとは思わないが、気になるのならば、今後は悪戯を控えることだ。野菜を残さず、おやつを盗み食いせず、護衛騎士のブーツを左右逆にしないでおいてやれ。ところで、お前が変身させられて一番嫌なものは何だ？」

後学のために聞いておこうと質問すると、セラフィーナはぶるるっと体を震わせた。

「それは……ハリネズミだわ」

「ハリネズミが嫌いなのか?」

セラフィーナが口にしたのは、背中に針を生やしている、片手に乗るくらいの小さな動物の名前だ。

大した害も与えないはずだが、セラフィーナはなぜハリネズミになるのが嫌なのだろう、と不思議に思って問いかけると、彼女はぎゅううっと抱き着いてきた。

そのため、思わず頭を撫でると、涙目で見上げられる。

「ね?」

「……何がだ?」

セラフィーナの言わんとしていることが理解できずに問い返すと、彼女は悲し気な表情で言葉を続けた。

「ハリネズミは背中がとげとげしているから、ハリネズミに変えられてしまったら、もうシリウスにこんな風にぎゅうっとできないわ」

「はっ、ばかげたことを! オレは痛みに強い方だから、小動物の針くらいどうということはない。いくらでも針を突き立てるがいい」

全くもって馬鹿げた心配だと思ったために笑い飛ばすと、彼女は驚いた様子で目を丸くした。

「えっ?」

「それに、ハリネズミの針があるのは背中部分だけだから、抱き着く分には問題ない。さらに、連中の針が立って危険なのは、怒っている時だけだ。そうでない時は、針は寝かせた状態になっているから、撫でようが抱き着こうが痛くはない」

詳しい説明を加えると、セラフィーナは興奮した様子で両手を握りしめる。

「そうなのね！」

「ああ、だから、たとえお前がハリネズミになったとしても、今の生活と大して変わらないはずだ」

そう断言すると、セラフィーナは安心した表情を浮かべて、もう一度ぎゅううっと抱き着いてきた。

そのため、オレは彼女の頭を撫でた後、絵本を手に取って話の続きに戻ったのだった。

◇　◇　◇

その後、カノープスがセラフィーナを呼びに来た際、彼が履いているブーツに視線をやったのは無意識の行動だった。

「……どうかしましたか？」

ブーツを見つめられたカノープスが訝し気に尋ねてきたが、何でもないと首を横に振る。

「いや……ブーツの左右を履き間違えていないかと、ふと気になっただけだ」

「そのような失敗をしでかすことはありませんが、最近、三度ほどブーツが左右逆になっていることがあったので、不思議に思っているところです」

セラフィーナは3回も同じ悪戯をしたのか。

ちらりと視線をやると、セラフィーナは聞こえない振りをして絵本をめくっていた。

「これは……なかなかに悪戯が過ぎるな。王女殿下がハリネズミに変えられる日も近いのではないか？」

聞こえよがしに呟くと、彼女はぱっと顔を上げた。

「うふふふふ、ハリネズミになることはもう怖くないわ！　というか、いいことを考えたわ！もしも私がハリネズミになったら、シリウスのポケットにずーっと入っているわね！」

「ほう、だとしたら、お前が入るくらい大きなポケット付きの騎士服を特注しなければならないな」

冗談のつもりで口にすると、セラフィーナは楽しそうに注文を付けてきた。

「うふふふ、そのポケットにはいつもクッキーを入れておいてね！」

「…………」

ハリネズミの主食はクッキーでなく昆虫だったなと思ったが、それは披露する必要のない情報だと胸の中にしまい込む。

代わりに、オレはため息をついた。

「オレのポケットがドロドロになりそうだ」

その言葉を聞いて、セラフィーナは楽しそうに笑っていたが、カノープスはそもそもなぜハリネズミの話になったのかを理解できないようで、ずっと首を傾げていた。


――――後日、何かの折にこの話をウェズン総長にしたところ、苦言を呈された。

「おいおい、それは過保護が過ぎるというものだ！　物語には警告と抑止力が含まれている。『悪いことをしたら、これほど恐ろしい目に遭うのだ。だから、やってはいけない』とな。それなのに、その恐怖を取り除いてどうする！　姫君はさらなる悪いことをし始めるかもしれないぞ」

「…………」

確かに朝から着替えようとした際、白手袋の左右が逆になってテーブルの上に置いてあったが……そして、オレの私室に自由に入れる者は限られているから、間違いなくセラフィーナの仕業だろうが、それは披露する必要のない情報だ。

「ウェズン総長、あなたが子どもの頃にやらかした悪戯の数々を思い出してください。それでも、騎士団総長の職位に就けるほどに立派になったのですから、悪戯というのは成長過程で必要なものなのでしょう」

「……うおっ、悪戯の正当性を主張し始めたのか？　おいおい、お前は本当に姫君に甘いな」

呆れた様子の総長に、オレはにやりと笑ってみせた。

「これくらいは通常行動の範囲です。ですが、もしもオレが小さなハリネズミをポケットに入れて過ごすようになったら、その時はセラフィーナに甘いと認めましょう」

「……それはもはや姫君に甘いという話ではない。医者にかかる必要があるほどの異常行動だ」

ウェズン総長は顔をしかめたが……オレは今後、畑や草地でハリネズミを見つけることがあったら、セラフィーナに持って帰ろうと考えを巡らせていた。

それから、セラフィーナがハリネズミを間近に見た時の表情を想像し、小さく笑っていたところ、ウェズン総長から大声で注意される。

「止《や》めろ、シリウス！　お前のそんな表情を見たら、騎士たちは震え上がるし、女性たちは黄色い声を上げる。どちらにしてもトラブルになることは間違いないから、今考えていることを実行するのは止めろ!!」

「……善処します」

オレは無表情に戻ると、総長室を退席するために立ち上がった。

「おま、ぜんっぜん従う気がないだろう!!」

オレのことをよく分かっている総長の叫ぶ声が背中に届いたが、オレは返事をすることなくきっちりと総長室の扉を閉めた。

それから、今日のセラフィーナは何をしでかすのだろうな、と考えながら彼女の私室に向かったのだった。

人気投票第6位

セラフィーナ・ナーヴ

セラフィーナとことわざ

「シェアト、ことわざってなあに？」

図書室で絵本を読んでいたところ、知らない単語が出てきたので、側にいたシェアトに質問する。

すると、シェアトはすらすらと答えてくれた。

「昔から言い伝えられてきたことです。皆の知恵を言葉にしたものと言いますか」

「ふうん？」

よく分からなかったので首を捻っていると、シェアトが補足してくれる。

「たとえば『鬼に金棒』ですね。言い換えると、『シリウス副総長にミスリル剣、対するオレは素手』ってことです。ただでさえ最強なのに、より強くなって無敵になるという意味ですね」

「まあ、シェアト、すごく分かりやすいわ！」

手を叩いて褒めると、シェアトはまんざらでもない顔をして、さらに補足してきた。

「あるいは、『あばたもえくぼ』ですかね。つまり、『セラフィーナの短い足は可愛い、セラフィーナの作る詩歌は最上だ』と副総長が口にされているあれです。副総長は姫君が好きなので、姫君に関することは何だって素晴らしく見えるんですよ」

「……それはよく分からないわ」

シェアトの説明は上手だったり、下手だったりするみたいね。

今の説明では、まるで私の詩歌のできが悪いように聞こえるけど、私の詩歌はおとー様にもシリウスにもカノープスにも褒められたから、そんなはずないわよね。

そう考えながら首を傾げていると、隣で話を聞いていたミアプラキドスが口を開く。

「ただし、ことわざにも間違いはあります。『人は見かけによらぬもの』とありまして、その者の性格や実力は見た目では分からないという意味ですが、シリウス副総長は見た目通り苛烈で容赦がなく、最強ですよね」

「それから、やさしくて、しんぱいしょうね！」

シリウスの特質を付け足すと、シェアトは無言になり、ミアプラキドスは訂正してきた。

「………………」

「……あ、オレが間違っていました。やっぱり『見た目では性格は分からない』という説明で合っています」

難しいわねと思っていると、シェアトがさらに例を出してくる。

「『二兎を追う者は一兎をも得ず』も分かりやすいですよ。オレは上腕二頭筋と大腿四頭筋の両方を同時に鍛えようとしたのですが、結局、どちらも思ったようには筋肉が付かなくてですね。やっぱりどこか1か所に絞るべきでした」

「ああ……」

筋肉のことはよく分からないけど、たくさん教えてもらったから、ことわざが何なのかが分かってきたわよ。

「シェアト、ミアプラキドス、分かってきたわ！　つまり……」

私は少し考えた後、ぴったりのことわざを思い付いたので披露する。

「『シリウスとお昼寝』。これはとっても気持ちがいいということよ」

自信満々に口にしたのに、シェアトとミアプラキドスは顔をしかめた。

「……どうですかね。オレは大金を積まれても辞退しますけど」

「オレも副総長と同衾しても常に殺気を感じていて、一睡もできない自信があります。平たい板の上に、直立不動のまま横たわった姿で1ミリも動けないイメージですね」

むむう、難しいわね。

だったら、と目の前にいるシェアトをことわざにしてみる。

「『シェアトの筋肉』はどうかしら？　『がんばって自分のものにした』という意味よ」

すると、ミアプラキドスがすかさず訂正してきた。

「いや、むしろ『それしかない』とか、『誰だって一つくらいはいいところがある』という解釈じゃないですか」

シェアトがむっとしたようにミアプラキドスを睨んだので、もっと楽しいことをことわざにしないといけないわ、と反省しながら次のことわざを口にする。

「だったら、『ミアプラキドスのお嫁さん』はどう？　夢にみるくらい素敵な人ということよ」

ミアプラキドスは素晴らしいというように大きく頷いたけれど、シェアトはせせら笑う。

「いや、『待てど暮らせど現れない』、あるいは『幻想世界の住人』ということでしょう」

ミアプラキドスがシェアトの胸倉を摑んだので、私は慌てて思い浮かんだことを披露した。

「『シェアトとミアプラキドス』！　とっても仲がいい2人ということよ!!　そして、私はそんな2人といると、楽しくなるわ」

2人ははっとしたように目を見張ると、恥ずかしそうに目を伏せた。

それから、ミアプラキドスがシェアトの服の胸元を整えると、取ってつけたように口にする。

「シェアト、服の胸元がよれていたぞ。仲のいいオレが直してやった」

対するシェアトもにこやかに返す。

「そうか、いつも仲良くしてもらって助かるよ」

それから、2人揃って申し訳なさそうな表情を浮かべた。

「姫君、すみません。つい普段の調子で話をしてしまいました」

「姫君の言う通り、オレらは仲が悪いわけではないのですが、どうも言動が荒っぽくなるので、姫君の前で披露するものではありませんでした」

しゅんとなる2人はとっても可愛かったので、また1つ浮かんでしまう。

「『シェアキドス』！　2人で1つのものみたいに仲がいいことだわ」

2人の名前を合体させてみたのだけれど、これは不評だったようで、シェアトとミアプラキドスは嫌そうな顔をした。

「いや、いつだって、いもしない嫁の妄想ばかりしているこいつと同じにされるのは、さすがにないです！」

「オレだって、人を相手にするでもなく、いつだって筋肉を育ててばかりいるシェアトと同じにされてもですね！　オレの想像相手は、まだ人ですからね!!」

ああ、せっかく仲がよくなったのに、また元に戻ってしまった。

ことわざを教えてもらっていただけなのに、どうしてこうなってしまったのかしら。

そうしょんぼりしていると、2人はハッとした様子で私を見てきた。

「……なんて言い合いができるのも、オレとミアプラキドスの仲がいいからですよ」

「その通りです、何たって入団した頃からずっと、同じ団を渡り歩いてきましたからね」

そんな2人を見て、また1つ新たなことわざが浮かんだけれど、口にすると同じことの繰り返しだわと学習したため両手で口を押さえる。

それから、もう私は一言だって話をしない方がいいわねとの考えから、シェアトに向かって『ことわざを教えてくれてありがとう』との意味を込めて頭を下げた。

すると、シェアトは勘違いをしたようで、「あっ、次はジェスチャーですか?」と目を輝かせる。

『違うわ!』との意味を込めて、大きく手をぶんぶんと振ったけれど、シェアトは楽しそうに腕を組んだ後、頓珍漢なことを言ってきた。

「ははは、蜂の真似がお上手ですよ! ……つまり、『蜂のように刺すわよ』という危険人物宣言ですね!!」

「…………」

全然違うわ。というか、私はジェスチャーゲームをしているつもりはないんだけど。

そう思ったけれど、シェアトもミアプラキドスも乗り気で、その後はジェスチャーについて同じようなやり取りが繰り返されたのだった。

……分からないことを尋ねる場合は相手にご注意を、という話である。

人気投票第12位

カノープス・ブラジェイ

【SIDEカノープス】護衛騎士に必要な能力とは?

「セラフィーナ、今日も私の可愛いお姫様は元気なようだな!」

扉が開くと同時に発せられた言葉を聞いて、どれほど優れた動体視力を持っていたとしても、扉が開いた瞬間に、姫君が元気かどうかは確認できないはずだ、との考えが頭の中に浮かんだ。

しかし、すぐに『ここは正確さを期す場面ではない』と自らを叱りつける。

恐らく、実際に観察した結果を口にしているのではなく、願望を込めた状態を口にされているのだろうから、文字通り受け取る必要はないと考え、私は訪問者である国王に頭を下げた。

◇ ◇ ◇

私、カノープス・ブラジェイは、幼いセラフィーナ第二王女の護衛騎士として選定された。

それは非常に誇らしいことであり、私の人生を変える素晴らしい出来事だった。

そのため、全身全霊を懸けてお仕えしようと心に決め、日夜努力しているのだが……最近になって、護衛騎士に求められる能力は、剣の腕だけではないことに気が付いた。

セラフィーナ様が王族であるため、彼女を訪問する者は位の高い者ばかりなのだが、どうやら皆は「王女であるから」ではなく、「可愛らしく愛らしい」ために、セラフィーナ様を訪ねているようなのだ。

その筆頭が、言わずと知れた国王だった。


「セラフィーナ、遠い国から献上品が届いたよ！　見てごらん、珍しいものがたくさんあるから」

両手にいっぱいの布や木製品、宝飾品を抱えた王が部屋に入ってきたかと思うと、乱雑な様子でテーブルの上に並べ始めた。

セラフィーナ様は急いで近寄っていくと、興味深げに一つ一つを眺め始める。

「まあ、おとーさま、これは何かしら？　茶色くて長くてがさがさしているわ」

セラフィーナ様は山と積まれた献上品の中から細長い紐状の物を摑むと、隣に立つ国王に質問した。

対する王は楽しそうな笑い声を上げると、得意気に胸を張る。

「ははは、セラフィーナは勇気があるな。それは蛇の抜け殻だ！　財布の中に入れておくと、大金持ちになれるらしいぞ」

……違う。お2人が手に持っているのは、特殊な木の皮で編まれた幅の太い紐だ。

恐らく献上品を詰めた箱を縛っていたものが、紛れ込んでしまったのだろう。

しかし、私が訂正するよりも早く、セラフィーナ様が感心した様子で王を見上げられる。

「おとー様はものしりなのね！　だったら、これを少しだけもらってもいいかしら？　私のおさいふに入れておくわ」

「セラフィーナ、お前が気に入ったのなら全てお前のものだ！　こんな大きな抜け殻は二度と手に入らないだろうから、特別に頭から尻尾まで丸っとお前にプレゼントしよう！　ははは、これほど立派な蛇の抜け殻を入手できる私を父に持つとは、お前は非常に運がいいぞ!!」

上機嫌な王を見て、ここは沈黙を守る場面だと理解する。

その後も、王はいくつかの品物を勘違いしたまま説明していたが、セラフィーナ様は王の言葉の全てを信じている様子で、目をきらきらと輝かせながら王の話を聞いていた。

誤って覚えるとセラフィーナ様が恥をかくだとか、王が同じ説明を公の場でしたら王自身が恥をかくだとか、様々な考えが浮かんだが、結局、私は最初から最後まで沈黙を守り通した。

――――この日、護衛騎士に必要な能力は、王の誤りを見て見ぬ振りをすることだということを、私は学習したのだ。

よくあることだが、騎士たちは護衛の日でなくとも、率先して姫君に挨拶に来る。

業務にかこつけてはいるが、実際には少しでも姫君と言葉を交わしたいがための行動であることは明らかだった。

「セラフィーナ様、明日の午後から姫君が視察される予定の薬草店を、今から事前確認してきますね！」

「じぜんかくにん？　まあ、みんなはそんなことまでしてくれているのね」

びっくりした様子で目を丸くするセラフィーナ様に、シェアトが誇らし気に胸を叩く。

「もちろんです！　何があっても対処できるように、姫君が訪問される全ての場所を、いつだって事前に確認しています！　当然のことですが、店内の動線を確認して、退路や危険路を事前に押さえておくんです」

「ですから、薬草店の他に行きたいお店があれば教えてください。それらのお店にも危険がないかどうかを、併せて事前確認してきますので。せっかく街に行くのですから、色々と訪問されてみてはどうですか？」

続けてミラクがセラフィーナ様に質問すると、姫君は驚いた様子で目を丸くした。

「えっ、私が行きたいところに行ってもいいの？　どこでも？」

騎士たちが甘やかすように頷くと、姫君はぱっと顔を輝かせる。

「本当にいいのね！　だったら、どこにしようかしら。えーと、えーと。ううんと、ちょっとだけまってちょうだいね」

難しい顔をしながら、うーん、うーんと考え込み始めたセラフィーナ様を、騎士たちがにこにこと微笑みながら見つめている。

その表情は蕩《とろ》け切っていると言っても差しさわりのないもので、騎士たちがセラフィーナ様を愛しく思う気持ちが溢れ出ていた。

……誇り高き王国騎士が、このような締まりのない顔を人前で晒していいものか。

彼らは自分たちが浮かべている表情を自覚しておらず、後日気付いたならば、羞恥で身悶えするだろうに。

そう考えた私は、ついと目を逸らすと、二度と騎士たちの顔に視線を戻さなかった。

――――この日、護衛騎士に必要な能力は、同僚のにやけ顔から視線を逸らすことだということを、私は学習したのだ。


当然のことだが、セラフィーナ様を訪問する頻度が一番高い方といえば、シリウス副総長だろう。

何かあると、あるいは何もなくても、副総長は日に何度も姫君を訪問される。

その日、昼前に訪れた副総長は、少年のように目を輝かせていた。

「セラフィーナ、新しく仔馬が生まれたぞ!　一緒に見に行くか?」

副総長が大事にしている牝馬の中の1頭が出産したようで、副総長は嬉しそうな笑みを浮かべている。

その笑みにつられたように、セラフィーナ様もにこりと微笑んだ。

「まあ、何色の馬なの？　私はね、銀色の馬に乗りたいの！」

姫君の言葉を聞いたシリウス副総長が、用心するような表情を浮かべる。

「……オレを馬にしたいのか？　……………お前がどうしてもというのであれば、善処するが」

「シリウスを馬にする？」

意味が分からないとばかりにきょとんと首をかしげるセラフィーナ様に対して、シリウス副総長は腕組みをし、考えるような視線を送った。

「子どもの遊びだな。四つん這いになった大人を馬に見立てて、子どもがその背中に乗って遊ぶのだ」

「ふうん？」

副総長の説明を聞いても理解できていない様子の姫君を前に、シリウス副総長は諦めたようなため息をついた。

「……試してみるか？」

そう言うと、シリウス副総長は絨毯の上に膝をついた。

その動作を見て、我がナーヴ王国が誇る角獣騎士団のシリウス・ユリシーズ副総長が、『イケメン公爵』のモデルにもなった筆頭公爵が、決して人に見せてはいけないポーズを取るのではないかと戦慄する。

……誰もが認めることだが、シリウス副総長さえいれば、セラフィーナ様を護衛するための騎士は一切必要ない。

そのことを理解していた私は、できるだけ存在感を消すと、音を立てずに静かに、静かに部屋から退出した。

その際、当然のことだが、決してシリウス副総長に視線を戻さなかった。

だからこそ、私はこの後の副総長がどのようなポーズを取ったかを目にしていないし、何が進行したかも知らないままだ。

――――この日、護衛騎士に必要な能力は、シリウス副総長の言動を事前に推察し、場合によっては速やかに部屋から退出することだということを、私は学習したのだ。


私、カノープス・ブラジェイは、誇らしくもありがたいことに、幼いセラフィーナ第二王女の護衛騎士として選定された。

そのため、全身全霊を懸けて姫君にお仕えしようと心に決め、日々業務をこなしているのだが……その中で、護衛騎士に求められる能力は、剣の腕だけではないことを実感した。

総じて言うと、護衛騎士に必要な真の能力は、姫君を訪問する者たちの奇行から全力で目を逸らすことなのだ。

――――実際に護衛騎士になってみないと分からないこともある、というカノープスの深い(ようで非常に浅い)話である。

人気投票第13位 セブン

【SIDEセブン】セラフィーナという少女

「しろいぴかぴか」

そう言いながら、僕たちに向かって的確に手を伸ばしてくる幼い少女を見て、心の底から驚愕したことを覚えている。

――それは、僕たち子どもの精霊が、精霊王の祝福を持ったセラフィーナと初めて出会った時のことだった。

◇　◇　◇

僕たちが住んでいるのは、初代精霊王が「子どもの精霊の育成場所」として指定した森だ。

彼の子は王になったため、その権力を利用して、王家の者以外は決してこの森に踏み入れないように定められていた。

王家の人間は稀にこの森を訪ねてきたが、僕らを正しく感知できないようで、せいぜい『何かがこの森にはいるようだ』と感じているだけだった。
そして、大人の精霊の魔法によって、魔物は決してこの森に入ることができなかったから、僕たち子どもの精霊は一切の危険に晒されることなく、ゆったりとした毎日を過ごしていた。
そんな中に突然、3歳のセラフィーナが森に現れたかと思うと、目を瞑ったまま的確に僕たちに向かって手を伸ばしてきたため、僕らの全員が驚愕したのだ。
《これは僕たちが見えているのかな？》
《まさか》
《まさかー》
しかし、その時はまだ、幼いセラフィーナが偶然、手を伸ばしただけだろうと考えていた。
そして、試すために彼女の周りをふわりふわりと皆で飛んでみたのだが、その揺れに合わせてセラフィーナが的確に手を伸ばしてきたため、僕らは再び驚愕したのだ。
しかし、それからしばらく経った後には、僕らの全員が彼女の感知能力の高さを認めざるを得なかった。
《……信じられないけど、僕らが見えているね》
《そうだね》
《そうだねー》
その日を契機として、セラフィーナは毎日森に来るようになった。

大きな木に背中を預ける形で草の上に座り込むと、半日近くもずっと、僕らにはよく分からない言葉で色々なことをしゃべっていく。

それから、僕らの言葉に耳を傾けた。

『精霊の言葉は火が燃える音や風が吹く音にしか、人の耳には聞こえない』と大人の精霊たちは言っていたが、僕らが話をしているとセラフィーナは必ずしゃべるのを止《や》めて耳をそばだてる。

そのため、僕にはセラフィーナが自然の音と精霊の言葉を聞き分けているように思われた。

それから、1年が経過した。

セラフィーナは変わらず、毎日森を訪れては僕らに向かって手を伸ばしてくるとともに、彼女の言葉で色々なことをしゃべっていく。

その頃になると、さすがに全ての精霊たちがセラフィーナに親近感を覚えていて、彼女が森に来ると我先にと彼女の周りに集まり、色々なことをしゃべるようになっていた。

《最近、泉の温度が少し下がった気がするのよね。風邪をひくといけないから、泉に長時間足をつけない方がいいわよ》

《森の奥にある赤い実は、見た目は美味しそうだけど、実際はとっても苦いから食べたらだめよ》

《でも、ごくまれにすっごく甘い実が交じっているって大人の精霊が言っていたわ。ちょっと食べてみたいわよね》

それらの話をした翌日、セラフィーナは初めて森に来なかった。
そのため、彼女に何かあったのだろうかと心配になり、皆で離宮の近くまで行ったものの、周りを警護する騎士たちが気になって、窓から中を覗き込むことくらいしかできなかった。
けれど、さらに翌日、セラフィーナが元気な姿で森に現れたため、心配した分だけ腹立たしい気持ちが湧き上がってくる。
《何だい、森に来るのに飽きただけだったのか！　分かっているよ。小さい子の興味が移りやすいことは》
《セブン、それは仕方がないことよ。私たちの言葉が分からないんじゃ、一緒にいてもそう楽しめないんだから》
《そうそう、むしろいつかはこの森に来なくなるだろうから、今のうちに一緒にいる時間を楽しまないと》
精霊は人が好きで、一度好きになった相手はずっと変わらず好きでいるけれど、人は気まぐれで移り気だ。
だから、いつか彼女がこの森に来なくなったとしても、受け入れなければならない。
そんなことくらい分かっているよ、と心の中で言い返していると、セラフィーナが嬉しそうに手に持った籠を左右に振った。
《それは新しい籠だね。もしかして昨日はそれを作っていて、森に来られなかったの？》

疑問に思ったことを尋ねると、セラフィーナはその通りだとばかりに頷く。

それから、森の奥に向かって歩いて行ったので、慌てて彼女の足元を照らすべく移動した。

しばらく歩いた先で彼女が立ち止まったのは、赤甘の実の木が茂っている場所だった。

セラフィーナはその木をじっと眺めると、手を伸ばして赤い実を摘み始める。

木々にはびっしりと実がなっているのに、どういうわけか彼女は一つの枝から数個ずつしか摘み取らなかった。

それが彼女の流儀なのかな、と不思議に思っている間に、籠の半分くらいが赤い実で埋まってしまう。

セラフィーナは満足した様子で微笑むと、少し移動して大きな木の陰に腰を下ろした。

それから、僕たちに籠を突き出してくる。

《くれるってこと？　うーん、僕たちは人の子のように物を食べる必要はないんだよね》

《逆に食べて害になることもないけど、味覚は発達しているから、苦いものは苦いって感じちゃうのよ》

《苦いものは嫌いー》

顔をしかめながら皆でそう返したけれど、僕たちの言葉が分からないセラフィーナは笑顔のまま籠を差し出し続けていた。

そのため、仕方がないと、まず僕が手を伸ばす。

できるだけ小さい実をつまむと、思い切って口の中に放り込んだけれど……がじりと噛んだ瞬間、ものすごく甘い味が口の中に広がった。
《え？　甘い⁇》
びっくりして目を丸くすると、僕の言葉を拾った精霊たちが、半信半疑の表情で籠に手を伸ばす。それから、恐る恐る口に入れた後、全員が信じられないとばかりに目を見張った。
《何これ、滅茶苦茶おいしい！》
《ふわわ、何なのこれ。甘い？　おいしい？　こんな味を感じたのは初めてよ！》
《あーん、ほっぺが落っこちるー》
僕たちは我先にと手を伸ばすと、籠の中の赤い実を次々と口の中に放り込んでいった。
不思議なことに、苦いはずの実なのに、どれだけ食べても全てが甘いままだった。
一つ残さず食べてしまった後、我に返ってセラフィーナを見つめると、彼女は嬉しそうににこにこと笑っていた。
そう言えば、この間、赤甘の実について、『ごくまれにすっごく甘い実が交じっている』との話を仲間の1人がしていた。
けれど、まさかその話を聞いて、セラフィーナが僕たちに甘い実をご馳走しようと考えたわけではないだろう。偶然のはずだ。
だって、セラフィーナは精霊の言葉が分からないし……と考えていると、僕の隣にいた精霊が同じ疑問を口にした。
《もしかして私たちがこの実の話をしていたから、甘い赤甘の実を摘んでくれたの？》
セラフィーナを見ると、いつものように動きを止めて、耳をそばだてていた。
その動作はやはり、彼女が精霊の言葉を聞き取ろうとしているように見えるな、と考えていたところ、セラフィーナは口を開き、精霊しか出せないはずの音を出した。
《えっと……そそう。ちがた。そう……です》
彼女の口から発せられた音を聞いた瞬間、全員で後ろにひっくり返る。
《えええ！》
《セラフィーナ!?》
《セラフィーナは精霊だったの??》
——その瞬間、僕の胸に湧いたのは、堪らないほどの歓喜だった。
セラフィーナが僕たちの言葉をしゃべってくれている。
それはものすごく感動的なことで、心が震えるほどの喜びだった。
けれど、だからこそ、僕は喜びと同時に、自分自身に対して腹立たしさを覚える。
なぜならば最近、僕の耳にもセラフィーナの言葉が聞こえるようになっていたからだ。
それから、彼女が何を言っているのかが何となく分かるようにも。
それなのに、『人の言葉が分かるなんてことがあるのかな？』と半信半疑でいたため、その間に、勤勉なセラフィーナは精霊の言葉を話せるところまで上達してしまった。

セラフィーナにも僕が感じている喜びを感じてほしい！

そう思った僕は、それからしばらくの間、ものすごく頑張った。

結果、数か月後には精霊の中で一番に、彼女の言葉の大まかなところを理解できるようになった。

皆が精霊の発音ながらもセラフィーナの名前を口にしているのは、彼女の名前を聞き取れたからだろう。

ということは、皆の耳にも彼女の言葉が理解できるようになっており、いずれ多くのことを聞き取れるようになるはずだ、との焦りを覚えたことも力になったようだ。


——その日、セラフィーナはいつも通り、一所懸命な様子で精霊の言葉を口にした。

《みどり……の花びら……ない……さがす》

けれど、どうやら思ったように言葉を紡げなかったようで、言い終わった後にがっくりと項垂れる。

それから、気落ちした様子で再び口を開いたけれど、その言葉は人の言葉に切り替わっていた。

「ダメね、これじゃあへたすぎてつたわらないわ。『みどり色の花びらをもったしょくぶつをさがしているんだけど、しらないかしら？』……って言いたいんだけど、むずかしいわね」

《それなら、赤甘の実の木が茂っていた辺りの少し先にあったんじゃないかな》

内心はドキドキしながらも、さり気ない様子で答えると、セラフィーナはびっくりした様子で大きく口を開いた。

そして、そのまま固まってしまったので、さすがに心配になって目の前で手を振ると、びくりと体を強張らせる。

それから、興奮した様子で矢継ぎ早に質問してきた。

「えっ、私のいっていることがわかるの？　ほんとーに？　こんなにすてきなことがあるかしら!?」

正直に言うと、興奮したセラフィーナの言葉は早口過ぎて、何を言っているのか分からなかったけれど、彼女の嬉しそうな表情から言いたいことが伝わってくる。

そのため、僕は分かった振りをして頷いた。

《もちろんだよ。今後は精霊の言葉を紡ぐのが難しい場合は、人の言葉で話すといいよ》

「ええ！」

その時、セラフィーナが浮かべた笑みは、先日、彼女が精霊の言葉を発した時に僕が浮かべた笑みと同じものだった。

その表情を見て、ああ、セラフィーナも僕が感じた喜びと同じものを感じてくれているのだ、と嬉しくなる。

そんなセラフィーナに、僕は緊張しながら一つの情報を伝えた。

《今後は僕のことをセブンと呼んで。それが僕の名前だから》

「まあ！　せーれーが名まえをおしえてくれるのは、さいじょうきゅーのしんらいのあかしだときいたことがあるわ」

びっくりした様子のセラフィーナに僕は微笑みかける。

《その通りだ。僕は君を最上級に信頼している。いつか君は大人になって、僕のことをつまらないと思う日が来るだろうが、それまでは友人でいよう》

「ええと……私はいつかおとなになるけど、ずっとセブンをすきでいるし、ずっとお友達でいたいわ」

おずおずとそう口にしたセラフィーナを見て、僕は宝物をもらったような気持ちになった。

そうは言っても人の生は短い。

だからこそ、一つのものに長い時間執着することはできず、次々と新たなものに興味を引かれていく。

それは人として仕方がないことだ。

だから、彼女が去っていく日が来ても、僕は受け入れるし……今この瞬間、本気でそう言ってくれたとしたら、それが僕にとって真実になる。

この宝物のような瞬間と宝物のような言葉を、僕は絶対に忘れないでいよう。

そう心に刻むと、僕はセラフィーナに向かって微笑みかけた。

《セラフィーナ、精霊の祝福を君に。そして、願わくは、1日でも長く、君が僕の友達でい続けてくれますように》

そう告げた瞬間、僕が作り出したきらきらとした輝きが、セラフィーナの上に降り注いでくる。

彼女はそれを眩しそうに見つめた後、満面の笑みを浮かべて僕を見つめてきた。

「ずーっとよ！　セブン、だーいすき!!」

精霊の祝福を受けたことで、僕に触れることができるようになったセラフィーナがぎゅっと抱き着いてくる。

その体は子ども特有の高い体温をしており、その温かさで心まで温められた気持ちになった。

《そうか。君のずーっとがどのくらいなのか、知るのが楽しみだ》

そう口にした僕の顔には、心からの笑みが浮かんでいた。

人気投票第16位 オリーゴー

【SIDEオリーゴー】ルーンティアとの結婚

この世に無駄なものは何一つない。

同様に、この世になくてはならないものも何一つないのだ。

——そんな風に、以前の私は思っていた。

彼女に出遭うまでの私は、1人きりでも十分満たされていたし、好きな相手と心が通じ合う喜びを知らなかったから。

だから、私は心底から、私の世界は私1人で完成されていると考えていたのだ。

◇　◇　◇

私は光から生まれた。

暗闇だけの世界に初めて差した光——それが私だった。

初めて光を目にした瞬間、全ての生き物は恐れ、敬い、ありがたがったものだが、しばらくその状態が続くと、誰もが光ある世界を当然のものだと考えるようになった。

そのため、もはや人々は光があることに特段の感謝も感動も覚えることはなかったが、それでいいのだと私は満足していた。

世界はあまねく照らされ続けるものだから、人々がそのことを常態だと考え、安心を覚えるのならば、それが一番いいと考えたのだ。


私は風に乗って空を舞いながら、地上の生き物を眺めるのが好きだった。

特に人を観察するのが好きで、彼らが笑ったり泣いたりする様子を飽きずに眺めていた。

しかし、そんな毎日の中で、私はふと1人の少女に目を留めるようになった。

彼女は赤い髪を肩まで伸ばした10歳くらいの少女で、泉に手を入れてはその水を空に飛ばし、光にキラキラと輝く様子を見て楽しそうに笑っていた。

あるいは、山の向こうに陽が沈み始め、一筋、また一筋と光が消えていくのを、厳かな表情で見つめていた。

彼女はそこにあるものを「当たり前」だとは考えず、全てに感謝をする様子を見せたが、その姿は暗闇しかなかった世界に初めて差した光を見た人々に似ているものがあった。

そのため、彼女の態度に懐かしさを感じ、興味を覚え、観察するための距離が少しずつ縮まっていく。

とは言え、精霊の姿は人に見えないものだ。

だからこそ、思いきり距離を縮めてもいいのかもしれないと、ある日すごく近くまで寄ってみると、彼女はびっくりした様子で目を丸くした。

「あなた、だあれ？　どうして空に浮いているの？」

彼女が言っている言葉はさっぱり分からなかったけれど、視線がばっちり合っていることから、彼女に私が見えていることを理解する。

《えっ、私が見えているの？》

驚いて尋ねたけれど、やはり彼女にも私の言葉は分からないようだった。

恐らく、光が差す音に、あるいは風が吹く音に、私の声は聞こえるのだろう。

しかし、彼女は瞬きもせずに私の唇が動く様子を見ていた。

私は彼女に色々なことを尋ねたが、その度に彼女は動きを止めて私の唇を見る。

……ああ、彼女の耳は私の声を拾うことはできないが、私が何かを発していることに気付き、必死で理解しようとしているのだなと分かる。

なぜ彼女に私の姿が見えたのかは分からない。

しかし、彼女が私を見つめ、理解しようとしている姿に、私は喜びを覚えたのだ。

——その日から毎日、私は彼女のもとを訪れた。

彼女の言っていることは相変わらず分からなかったが、彼女の名前が「ルーンティア」であることだけは理解できた。

《ルーンティア》

試しに呼んでみると、彼女は頬を真っ赤に染め、それはそれは嬉しそうに笑った。

その笑顔を見ただけで、体の中に陽が入り込んだかのようにぽかぽかと温かくなる。

同じように、私の名前を知ってもらえないだろうかと、《オリーゴー》と自分の名前を連呼していたところ、しばらくたったある日、彼女が自信満々に「オリゴーン」と口にした。

それだけでもすごく嬉しかったが、やっぱり私の名前を正しく呼んでほしくて、首を横に振る。

その後の時間はただただ、《オリーゴー》と自分の名前ばかりを繰り返し口にしていた。

すると、私が200回ほど繰り返した後に、ルーンティアは目を輝かして私の手を握ってきた。

それから、先ほどよりももっと自信満々に私の名前を口にする。

「リゴーン」

《…………》

ダメだ、オリゴーンの方が私の名前に近かったのに、遠ざかってしまった。

そうだね、光や風の音にしか聞こえないものを、ここまで聞き取ってくれたことに私は感謝すべきだったのだ。

これ以上本名から遠ざかっては敵わないと、私は「リゴーン」という名前を受け入れることにした。

ルーンティアは毎日、森に来ていたが、それは薬草を採るためだった。

彼女には年を取った祖母がいて、その祖母に毎日煎じて飲ませるために、薬草を摘みに来ているらしい。

彼女の身振り手振り付きの説明を10回聞いて、やっとそのことを理解する。

《ルーンティアは薬草をお湯で煮詰めているだけだよね。どうして魔力を注いで、薬を作らないの？　そうしたらすぐに、年齢による体の不調は治るのに》

不思議に思って尋ねてみたが、私の言葉を理解できるはずもなく、ルーンティアは笑っていた。

「リゴーン、今日も薬草を探すのを手伝ってくれてありがとう。おかげでたくさん採れたわ」

私は知らなかったが、その頃の人々にとって、魔法を行使する行為は広く一般に知られているものではなかった。

また、知っているごく少数の者たちにとっても、体内の魔力を使用して魔法を発動する方法では、大したことはできなかった。

だから、彼女はいつまで経っても煎じた薬草を祖母に飲ませ続けたし、細かな意思疎通ができない私にできることはなかった。

そして、当時の私の楽しみは、薬草を摘みに来る彼女と会うことだったので、彼女が森に来てくれるだけで満足し、それ以上深く考えることはなかった。


しかし、ルーンティアが15歳になった時、彼女は初めて私の前で涙を流した。

「おばあ様が、おばあ様が死んじゃうかもしれない。……どうしよう、毎日、新鮮な薬草を採っているのに。……もっと新鮮な、もっと効能が高い薬草を見つけられない私が悪いのだわ」

薬草が入った籠を抱えながら泣きじゃくるルーンティアを見て、大体のことを察する。

そして、ぽろぽろと涙を零す彼女を見て、体が千切れるほどの痛みを感じた。

ああ、ルーンティア、泣くのは止《や》めて。悲しまないで。君が辛くなってしまうよ。

私は何とかしたくて、一所懸命頭を働かせる。

それから、ルーンティアが見せてくれた絵本の登場人物の真似をして、地面に片膝をついた。

《ルーンティア、結婚しよう。私が精霊である以上、全てに平等であることを強いられ、君だけに特別な力を貸すことができない。だが、人のように伴侶となれば、私は君のものになるから、私の力の全ては君の好きなようにできる》

ルーンティアは私が言っていることを理解できない様子だったが、彼女の片手を取って唇を付けると、その行為が絵本の中の挿絵を真似したものであると分かってくれたようだった。

「あっ、もしかして結婚しようと言ってくれているの？　もしかしておばあ様がいなくなったら、私が1人になるから？　リゴーン、結婚はそんな理由でするものでは……えっ、やあ、リゴーン、泣かないで。違うわ、私は……リゴーンとずっと一緒にいたい！」

ルーンティアは私には分からないことを言いながら抱き着いてきた。

それから、何度も大きく頷く。

「リゴーン、一緒にいたいの！　あなたのお嫁さんにして！」


その日、遠い山の向こうに陽が沈む時間、私はルーンティアと2人きりで結婚の儀式をした。

私が育てた特別な植物の葉を食べて育った、特別な虫から生じた、特別な糸を紡いで作った、特別な服を互いに着て。

「わあ、こんなきれいな服は初めて着たわ！」

ルーンティアが頰を真っ赤にして幸せそうに笑うので、私もとても幸せな気持ちになる。

――空の全てから最後の光が消えた瞬間、私たちは夫婦になった。


その日以降の私たちの話は、時には正しく、時には脚色されて様々に書き記され、後世に残された。

母親の種族を受け継いだ私たちの子は、全て人として生まれてきたが、子どもたちは私の能力もいくばくか受け継いでいたし、ルーンティアの血を引いた子どもたちを私がどうしようもなく愛していて手助けしたため、子どもの1人が国の王となったからだ。
生まれた時からずっと話しかけてきたためか、子どもたちは私の言葉の大半を聞き取り、それなりに精霊の言葉を話すことができた。
《父上、やりすぎデスよ！　いくら母上が春の花を見たいと言ったにしテモ、冬のさなかに辺り一帯に春の花を咲かせてどうするつもりデスか!?》
《ふふふ》
私の笑顔を見て、次男が訝し気な声を上げる。
《……どうしてそこで笑うんデスか》
《家族と言葉が通じることを幸せだと思ってね。花を咲かせた時、ルーンティアは嬉しそうに笑っていたが、きっと「私が天の国に行った時の景色を、先取りで見せてくれたのかしら」とでも言っていたのだろう？　純粋に彼女を喜ばせたくて花を咲かせたのに、言葉が通じないせいで、彼女は独特の解釈をするから》
当たっているであろう推測を披露すると、次男は顔をしかめた。
《……母上が言っている言葉を理解できていないノニ、完璧にセリフを言い当てているのダカラ、それはもう母上と言葉が通じていると考えてもいいのじゃないデスかね》
《私の方はルーンティアの思考パターンを理解したが、彼女は私のそれを理解していないからね。だから、「私が天の国に行った時の景色を、先取りで見せてくれたのかしら」なんてセリフが出て

くるのさ。言葉が通じているとはとても言えないね》
納得して黙り込む次男の頭をくしゃりと撫でる。
《だがね、言葉が通じなくても、ルーンティアがいてくれるだけで、私は幸せなのだよ》
そんな風にずっと思ってきたが……家族と言葉が通じるともっと幸せになることを、子どもたちが教えてくれた。
長男が10歳になった時、私にこっそりと伝えてくれたのだから。
《ははうえと結婚した夜、ちちうえがおばあ様の病気をたちまち治してシマい、大きな城をマイホームにしたカラ、ははうえはちちうえのことを救いの天使様だと思ったそうデスよ。とてもうれしくて、とてもかんしゃしたそうデス》
あの夜のルーンティアは城を見て真っ青になり、病が完治した祖母を見てぼろぼろと涙を流すばかりだったので、まさか喜んでいたとは思いもしなかった。
そのため、息子の言葉を聞いてびっくりする。
《ははうえは出会った時からずっとちちうえが好きだったそうデスけど、あの夜から大大大好きになったそうデス》
ほら、言葉が通じることで、いいものではなかった夜の思い出が、この上なく素晴らしい思い出に書き換わっていくのだから。
だから、言葉が通じることは、間違いなく素晴らしいことなのだが……

その時ちょうどルーンティアが通りかかったので、私は走っていくと彼女に抱き着いた。

《ルーンティア、世界で一番大好きだ！》

彼女は顔を真っ赤にしながらも、嬉しそうな笑みを浮かべる。

「まあ、リゴーン、私も世界で一番大好きよ！」

――言葉が通じなくても、心が通じることはある。

私は真っ赤になった可愛らしい妻の頭のてっぺんにキスをした。

そして、ルーンティアこそが、私の世界になくてはならないものだと、心の底から思ったのだった。

あとがき

本巻をお手に取っていただきありがとうございます！

おかげさまで、本シリーズも3巻目になりました。


このＺＥＲＯシリーズを始める際、「2冊になりそうなので、上下巻構成でもいいですか？」と担当編集者に尋ねた私。

けれど、1巻を書き終わった時点で、「これは2巻では終わらないかもしれない」と感じたため、保険をかけて1巻、2巻の巻数表示にしてもらいました。……正解でした。

読んでいただいた方はお分かりでしょうが、書きたいことが溢れてきたため4巻に続きます。

気になるところで終わった、と思われた方はすみません！　時間をいただいて、次の展開をしっかり考えたいと思いますので、次巻もお付き合いいただければ嬉しいです!!

そんな今巻ですが、今回もchibiさんに素晴らしいイラストで飾っていただきました！

カバーも口絵も素晴らしく、イラストを見るだけでワクワクしてきますね。

chibiさん、今回も素敵なイラストをありがとうございます!!

さて、先日、出版社の方々とお会いする機会に恵まれました。

ノベルの担当編集者はもちろん、コミックス担当、営業担当の方々とご一緒し、お仕事仲間のお人柄に触れる貴重な時間を過ごすことができました。

やっぱり、実際に顔を合わせることは大事ですね。

大勢で1つのものを作ることは楽しいことだと再認識し、他の方々の志の高さに衝撃を受けました。

「ううう、締め切りに間に合わないかもしれません。次の展開が面白いとは思えないので、もう少し考えます(けれど、部屋にこもっていてもアイディアが浮かばないので、気分転換を兼ねて今から映画に行ってきます)」というこれまでの私を反省し、かっこ書きの部分を減らしていこうと思いました。

そんな色々な方の手を借りている本作ですが、前巻でお知らせしたようにキャラクター人気投票を実施しました。

「転生した大聖女は、聖女であることをひた隠す」「転生した大聖女は、聖女であることをひた隠すZERO」の2シリーズを対象としたのですが、シリウスが見事第1位を獲得しました!! 並みいる本編のキャラを押さえて堂々の1位です。すごいですね!!

なお、半月ほどの短い投票期間だったにもかかわらず、4、633票もの得票をいただきました。ご参加いただいた皆さま、本当にありがとうございます!!

また、たくさんのコメントや読みたい話のリクエストもありがとうございます!!

すごく嬉しかったので、コメントやリクエストを元に、本作登場キャラベスト5を主役にした話を書きました。どうか楽しんでいただけますように!


最後になりましたが、ここまで読んでいただきありがとうございます。

本作品が形になることにご尽力いただいた皆さま、読んでいただいた皆さま、どうもありがとうございます。

今回はものすごく筆の進みが悪くて苦しみましたが、それでも書籍化作業は楽しかったです（悪い記憶は忘れるタイプです）。

お楽しみいただければ嬉しいです。

転生した大聖女は、聖女であることをひた隠す ZERO 3

発行 ―――――― 2023年8月18日 初版第1刷発行

著者 ―――――― 十夜

イラストレーター ―――――― chibi

装丁デザイン ―――――― 村田慧太朗（VOLARE inc.）

発行者 ―――――― 幕内和博

編集 ―――――― 今井辰実

発行所 ―――――― 株式会社アース・スター エンターテイメント
〒141-0021 東京都品川区上大崎3-1-1
目黒セントラルスクエア 7F
TEL：03-5561-7630
FAX：03-5561-7632
https://www.es-novel.jp/

印刷・製本 ―――――― 図書印刷株式会社

ISBN 978-4-8030-1825-7